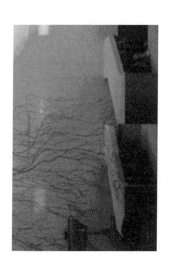

일러두기

인터뷰의 생생함을 살리기 위해 가능한 구어체 그대로 실었습니다. 그 과정에 일부 어법에 맞지 않는 문장 및 비속어가 사용되었음을 양해해주시기 바랍니다.

너의
불안에
관하여

Z의
   인터뷰
기록

글 · 사진
송지민

북스톤

Contents

22 햇빛 같은 사람이 될 수 있을까

36   민증만 어른인 애새끼

건실한 청년, 그러나 애매한 인간

행복한 희생자는 없대

고통은 살아 있는 느낌이라
나쁘지 않아

144   더 높은 데 올라가고 싶어

의미 없는 그 시간이
지금의 나를 만드는 데 기여했거든

아주 조금씩이라도 잘 가고 있다고

절대 후회하지 않아

218　　가능성은 보이는데 실현을 안 하는 사람

238　　지금의 나는 지금의 내가 기준이니까

　　완벽하고 싶지 않아

프롤로그

그냥 궁금했다. 나는 항상 궁금했다. 사람들이 무슨 생각을
하고 사는지, 그 생각을 하게 된 경위는 뭔지, 경위를 탄생시킨
삶은 어떠한지 알고 싶었다.

내가 이 프로젝트를 계획한 때는 재수 시절, 즉 사회생활이
제한되어 사람에 대한 갈증이 커졌을 시기다. 학원으로
향하는 지하철에서 질문들을 생각했고, 대학에 합격한
후 바로 실행으로 옮겼다. 내가 하고 있는 SNS에 공고를
올렸다. 수험생활을 할 때 유일하다시피 한 소통 창구가
인터넷이었는데, 그곳에는 다양한 사람들이 활동하지만 그중
상당수가 소수자들, 나름의 고민을 안고 사는 사람들이었다.
그곳에서 그들은 일상생활에서 쉽게 꺼낼 수 없는 이야기,
사회에 있지만 없는 이야기를 했다. 나는 그러한 것들에
총체적으로 매료되었고 그들을 인터뷰로 잡았다.

그렇게 4년 넘게 틈틈이 작업을 진행했다. 즐거웠다.

불쾌하거나 진행이 어려웠던 적은 없었다. 사람에 대한

갈증도 채우고, 인간 고유의 소중한 면도 발견할 수 있는 귀한

시간이었다. 처음 보는 사람에게 자신의 속내를 거리낌 없이

터놓는 사람들에게 왠지 모를 따뜻함을 느꼈다.

　녹취록을 다시 들어보니 정말 많은 이들이 나를 거쳐갔음을

알겠다. 친구가 된 사람, 인터뷰 이후 왕래가 없는 사람,

가까워졌다 멀어진 사람… 나름의 인연과 사건을 회고하면서

이번 프로젝트 자체가 나에게 하나의 작은 삶, 세계임을

알았다. 기억으로 간직하는 한 영원히 세계로 남을 것이다.

　인터뷰에 참여했던 이들 모두 나에게 알려주었던 삶의

자국을 발판 삼아 혹은 벗어던져 버리고, 그들 또한 가지고

있는 소중한 작은 세계를 발전시켜 가기를 하는 바람이다.

햇빛 같은

사람이

될 수

있을까

마무리가 좋아야
나중에 그 사람들을 또 볼 수 있고,
마무리에 따라
그 사람이 기억되는 게 다르더라고.
마무리가 안 좋으면
다시는 못 볼 사이가 되기도 하고.

2019년 12월

Q. 본인 소개를 먼저 해주세요.

A. 소개를 어떻게 해야 하지? 대학교 들어가서 자기소개 하는 것 같네요. 렛 미 인트로듀스 마이셀프. 일단 저는 지금 휴학을 한 상태고요. 알바만 겁나 하면서 열심히 살고 있는 스무 살인 듯하지만 열아홉 살인… 빠른 년 생.

Q. 좋습니다. 요즘에는 기분이 어떠니?

A. 아, 요즘에는 살짝 이유 없이 우울하긴 한데, 내가 보기에는 그건 우리 가정사 때문인 것 같거든. 그거 말고는 친구들이랑 사이좋고, 잘 지냅니다. 가끔 알바하던 곳 생각도 나고.

Q. 근 한 달간 만났던 사람 중 가장 인상 깊었던 사람과,

그 사람을 만나서 뭘 했는지?

A. 가장 인상 깊었던 사람? 딱히 없는데… 어어, 열여덟 살 애랑 친해졌는데, 고2. 근데 진짜 나랑 너무 잘 맞는 거야. 뭐라 해야 하지, 열여덟 살답지 않고, 또래 애들보다 훨씬 정신연령이 높은 여자애였거든? 이쁘고, 나랑 잘 맞아서 인상 깊었어. 나한테 계속 좋은 사람이라 해주고 나보고 너무 좋다 그러고, 그래줘서 좋았어. 내가 전에 썸 탔던, 예전에 만났던 사람은 나보고 말도 잘 못

하고 모지리에 멍청이라는 소리를 계속했단 말야? 그런 소리 듣다가 얘한테는 좋은 사람이다, 재밌다, 착하다, 좋다 이런 소리 들으니까, 나는 그래서 좋았어. 나를 알아주는 사람을 만난 느낌.

Q. 아주 좋네요. 본인의 인간성에 대해 떠오르는 게 있다면?

A. 솔직히 친구는 잘 사귀는 것 같아! 친구들한테 잘해주는 것 같고. 근데 가끔 나의 성격이 나올 때? [성격?] 뭐라 해야 하지, 약간⋯ 인간의 이중성을 보는 것 같은(웃음)? 그런데 나는 되게 착한 사람이라고 생각해요. 착한 것에 자부심 있고. 활발하다 생각해요. 밝고 활발하고. 그리고 가수 위수의 '햇빛처럼 빼어난'이라는 노래가 있는데, 노래 가사가 햇빛처럼 빼어난 사람이 될 수 있을까? 약간 이런 내용이야. 나 그 노래가 너무 좋았어. 진짜 그런 사람이 되고 싶어서. 나는 겨울에 태어났거든. 근데 여름이 너무 좋아, 진짜. 햇빛도 좋고, 더운 것도 좋아. 그래서 나는⋯ 그냥 햇빛 같은 사람이 되고 싶다.

Q. 사람들이랑 같이 있을 때가 있고 혼자 있을 때가 있잖아.
두 상황 중에서 직관적으로 어떤 게 더 기분이 좋아?

A. 사람들이랑 같이 있을 때. 혼자 있으면 우울해져. 생각 많아지고. [근데 같이 있으면 기가 빨린다는 사람들도 있었거

든. 그런 건 어떻게 생각해?] 그건 만나는 사람에 따라 다르지. 나랑 잘 맞는 사람이랑 있으면 너무 좋아. 그런데 안 맞는 사람이랑 있으면 약간 기 빨린… 말을 안 하게 돼.

Q. 그러면 혼자 있는 것에 대해선 어떻게 생각해?

혼자서 밥 먹고 놀기도 해야 해.

A. 혼밥은 잘해. 근데 혼자 노는 건 솔직히… 친구랑 노는 게 더 좋아. 왜냐면 영화 보는 것도 친구랑 보면 어느 장면이 재밌었다 어느 장면이 별로다, 이 영화 재밌네 이러는데, 혼자 영화 보면 아~ 이러고 말잖아. 그래서 나는 다른 사람들과 함께하는 게 좋아. 사람이 좋고, 난 진짜 그게 좋아.

Q. 네가 누구를 닮았다는 얘기를 들었어. 그러면 기분이 어때?

A. 사람? 연예인 같은 거 말고? [그냥 다 포함해서.] 난 좋아. 난 솔직히 동물 닮았단 소리 많이 들었거든. 토끼, 햄스터, 수달, 난 기분 좋아, 귀여우니까. 사람 닮았단 소리 들으면, 남자 개그맨 닮았단 소리 들으면 솔직히 좀 기분 나빠. 못생겼으니까. [(웃음)체육쌤이 너 보고 막 그… 닮았다 그랬잖아.] 아, 그래. 그거 싫다고! 귀여운 거 닮았단 말 들으면 난 기분 좋아. 동물이지만 뭐, 딱히 신경 안 씁니다.

Q. 싫은 사람을 얘기할 수 있어? 특정 인물도 괜찮고,

아니면 이렇게 행동하는 사람이라고 해도 괜찮고.

A. 그냥, 어… 예전 썸남? 애증의 관계. 생각해보면 어제 또 그것 때문에 밤에 잠을 못 자서, 너무 빡치고 화났거든. 왜냐면 전 썸남이 여자애랑, 페북에 또 막 그런… 그런 비슷한 쓰레기를 보고 생각이 난 거야. 그렇게 맨날 여자애 집에 데리고 가서 술 먹고… 솔직히, 안 잤다는 것도 핑계 같고, 잔 게 맞는데. 그것도 그렇고 옛날에 썸 탈 때, 그 오빠 집에 술 먹으러 갔을 땐데, 여기에 키스마크 있었거든? 근데 그거를, 누가 이렇게 때려서 났대. [미친 거 아냐?] 그것도 그렇고, 나랑 썸탈 때 걔 집에 가면은 여자 노랑 머리카락 떨어져 있는 거랑, 여자 네일아트, 네일 있잖아. 그게 책상 위에 있는 거랑. 그거 다 모른 척 했어. 근데 끝까지 그러니까 걔가 너무 쓰레기 같고. 근데 나 술 먹는 거 가지고 지랄했잖아, 사귀는 것도 아닌데. 진짜 쓰레기야. 나랑 썸 타면서 여자 몇 명이랑 잤을 걸? 너무… 너무… 싫지. 싫은데, 내가 그런 모습들을 모를 때 정말, 지금까지 애들 중에서 정말 좋아했던 애였고, [응…] 그래서 한 번쯤은 이뤄지고 싶었는데, 못 이루어진 게 나는 좀… 슬프지.

Q. 그 외에는 없는 거지? 딱히 싫다거나…

A. 딱히 뭐 싫어하진 않아. [유형도 없고?] 유형은… [재미없는 사람 싫어하지 않냐?] 재미없는 사람이랑 어울리질 않아, 그냥. [아, 싫은 건 아니고?] 어.

Q. '요즘 사람들' 하면 어떤 느낌이 들어?

A. '하위(Hi)'(웃음)~ [(웃음)'해위(Hey)'~] '담배 마렵다', 이런 유행어? 딱히, 그냥 유행어밖에 떠오르는 게 없네요.

Q. 그러면 요즘 사람들은 요즘 사람들을 어떻게 생각할까?

A. 모르겠어, 그냥 사람으로 생각하지 않을까? 옛날이랑 그렇게 바뀐 게 없는 것 같은데. [그래?] 뭐 1990년대, 이때는 달라진 게 있겠지. 하지만 2000년대에는 딱히 달라진 게 없다고 생각해.

Q. 과정이 있고 결과가 있잖아.
　　그 둘 중에서 어떤 게 더 중요하다고 생각해?

A. 원래는 과정이 중요하다 생각했는데, 요즘엔 결과 말고, 마무리가 중요하다 생각해. [음~ 마무리. 인터뷰한 것 중에서 처음 들어본다. 이유가 뭐야?] 그냥 내가 알바하면서 느낀 건데, 마무리가 좋아야 나중에 그 사람들을 또 볼 수 있고, 마무리에 따라 그 사람이 기억되는 게 다르더라

고. 마무리가 안 좋으면 다시는 못 볼 사이가 되기도 하고. 솔직히 결과도 중요한데, 과정도 중요하지만 마무리가 제일 중요하다고 생각해.

Q. 그러면 시험이라든지,

어떤 과제를 완수한다든지 그런 상황이 있다면?

A. 그건 결과가 중요하지. 아무리 노력하고 삼수 오수를 해도 결과가 이 대학이라면(웃음)? 결과가 중요해. 공부 안 하고 놀기만 했는데 머리가 좋아서 인서울 합격하면? 그건 결과가 좋은 거야. 걔 인생 그냥 잘되는 거야. [근데 똑똑한데 운이 안 좋아서 떨어질 수 있잖아.] 그건⋯ 어쩔 수 없는 거지! 그러니까 결과가 중요한 거야!

Q. 그럼 과정을 되게 열심히 했어, 근데 결과가 안 좋아.

A. 어쩔 수 없는 거야. 그건 진짜 운명인 거야. 노력했겠지, 열심히 했겠지, 근데 요즘 시대에는 그냥⋯ 모르겠어, 결국에는 결과가 중요하지 않나. 결과를 이뤄내기 위해서 과정, 노력을 한 거잖아. 근데 그 결과가 잘 안 됐다? 그러면⋯ 참 슬픈 것이죠.

Q. 좋아요. 잘하고 있습니다. 다음으로,

자신의 인생을 어느 기점으로 나눌 수 있어?

A. 응. [어떻게?] 나는 일단 열여덟 살 때 그 일이 있었잖아, 맞았던 거. 내가 지금까지 사람들을 많이 만났잖아. 그중에 괜찮고 철이 들었다, 생각이 있다, 이런 생각이 드는 사람들은 우울증을 겪었거나, 진짜 그런 사람들이 많더라고. 그리고 우울증은 꽤나 우리 가까이에 있고… 내가 이 말을 왜 하지? 아, 나는 열여덟 살 때 우울증이 있었잖아. [응.] 그런 걸 겪고 나서 그전보다는 생각이 있어졌지 않나. [많이 발전했다?] 어. 옛날에는 솔직히 철이 없었어. 즐겁긴 했지만 생각이 없었는데, 지금은 생각이 조금, 쪼오끔이지만 생긴 것 같아.

그리고 신기한 게, 그때는 맞았었잖아. 근데 지금은 진짜 무서운 애들이랑도 친해졌잖아. 애들 때리는, 가오가 아니라 진짜 무서운 그런 애들이랑도 친해지고, 그게 되게 신기한 것 같아. [왜 신기해?] 내가 이 자리에 있었는데, 저기 애들이랑 노는 기분? 그렇다고 내가 그런 애들이랑만 어울린 게 아니라 그냥 다 두루두루 어울리지 않았나. 걔네들도 착하더라고. [응… 착하다고 하더라!] 응, 안 엮이면 착해(웃음).

Q. 즐거움을 나눌 수 있다고 생각해?

A. 즐거움을 나눈다고? [응.] 뭘 어떻게 나누는 거지? 무슨 뜻이지? [예를 들어 누구는 밥을 먹을 때 즐거움이 있고, 책을 읽을 때 즐거움이 있고, 그렇게 나누는 사람도 있고.] 그치, 나눌 수 있겠지. [어떻게?] 솔직히… 잘 모르겠어, 그냥 나눌 수 있다고 생각해, 그냥 이걸 하는 즐거움, 저걸 하는 즐거움… 나눌 수 있다고 생각해요.

아, 그리고 지난번에 알바한 게, 내가 우울증이 있었
잖아. 거기서 일하면서 우울증이 다 나았어. [진짜?] 어.
그때로도 나눌 수 있는 것 같아. [아, 아까 인생 기점?] 응.
열여덟 살 때랑 작년 11월. 그래, 그렇게 나눌 수 있겠
다. [이렇게 두 번?] 응. 정말 좋은 사람들을 만났고 그냥
행복 그 자체였어. 행복했는데, 그 순간은 다시는 돌아
오지 않더라. 지금도 생각나고, 그때 어떤 노래를 들으
면 알바한 곳 생각이 나더라. 내가 그리운 건 그 남자애
가 아니라 걔를 짝사랑했을 때랑, 알바한 곳 사람들이랑
어울렸을 때.

Q. 현재 역할에 만족해?

A. 역할? 저는… 만족합니다. 청춘이잖아요(웃음). 너무
좋아요. 너무 행복해요! [증맬요?] 그냥 스무 살이라는 게
너무 행복해요. 꽃 같은 나이 아입니꺼. [그쵸. 즐겨야지.]
하고 싶은 거 다 하고, 목표도 있고요! 작은 거지만. [목표
가 뭐야?] 에버랜드에서 일하는 거. [근데 왜 안 해?] 에버랜
드는 스무 살 이상이어야 돼. 그래서 내가 못 하는 거고.
[내년이면 하겠네!] 응! 나 하려고. 솔직히 그것 때문에 남
친을 안 사귀려는 것도 있었어. 1월엔 놀아야 하고, 2월
부터 면접 봐가지고 들어갈 건데 그때 남자친구가 생겨
버리면, 흔들릴까 봐. 내가 정말 몇 년 동안 이루고 싶어

했던 건데, 솔직히 다른 사람이 보기에는 '뭐 저런 걸?' 이럴 수도 있는데 나한테는 진짜 해보고 싶은 거니까.

Q. '열심히 한다는 것'에 대해 어떻게 생각해?

A. 좋은 거지. 좋은 건데, 열심히 하는 거랑 잘하는 거랑은 다른 거더라고. 열심히 해도 능력은 못 이기는 것 같아. [그렇게 생각하게 된 계기랄 게 있어?] 그냥 알바하면서(웃음). 알바하면서 배운 게 좀 많아요. [배운 거?] 백화점 같은 데에서는 모르는 사람들한테 먼저 말 걸고 팔아야 하잖아. 그런 화법 같은 걸 배운 것도 있고, 서비스직이다 보니까 사람들 대하는 거, 그것도 많이 배웠고. 또 인생 선배들이랑 하잖아, 나이 많은 사람. 그런 사람들이랑 내 고민 털어놓기도 하고, 조언 같은 것도 해주고, 고민 같은 거 들어주고.

Q. 본인의 최초의 기억이라 하면 뭐가 떠올라?

A. 나는 애기 때, 기어다닐 때가 생각나(웃음). 내가 큰집, 시골 큰집에 가면 진짜 큰집이 있고, 그 옆에 초가집 같은 게 있어. 거기서 햇빛이 들어왔다? 근데 이렇게 큰 오빠가 앉아 있는데 내가 기어가니까 나를 들어올려서 자기 무릎에 앉힌 게 기억나. [그게 기억나?] 그거 기억나고 유모차에, AK프라자 알지. [어.] 유모차에 내가 앉아

있었는데, 엄만가 아빠가 나한테 무슨 음료수 줬던 게 기억나. 뭐 휘핑크림 올라갔는데, 위에 검정색 뿌려진 거. 그게 기억나. [대단한 사람이네.]

어렸을 때는 솔직히 행복했던 것 같아. [나도 돌아가고 싶다.] 엄마 아빠가 나 되게 열심히 키웠던 것 같아! 발레 배웠지, 수영 배웠지, 태권도 배웠지, 피아노 배웠지. [나도 그거 다 배웠어.] 그래, 그래, 그래(웃음)! 날 되게 열심히 키워줬다고 생각해! 근데 결과물이 이래서! 이래서 과정보다 결과가 중요하다(웃음). [아니 결과물이 이런 건 또 뭐야~ 다 도움 됐겠지!] 도움 됐겠죠~ 하지만! 나는 솔직히 더 좋은 대학교 갔으면 우리 엄마 아빠가 더 행복하지 않았을까. [근데 아직 너가 딱히 하고 싶은 걸 못 찾았으니까, 괜찮다고 생각해. 대학을 꼭 스무 살 때 가야 하는 것도 아니고.]

Q. 마지막 질문입니다. 인스타그램을 시작한 계기가 있어?

A. 그냥 사람들이 하길래 시작했어. 근데 페북보다 더 내 속마음을 드러낼 수 있는 것 같아. 비공개 계정이기도 하고. 날 엔간히 아는 사람 아니면 내가 팔로우 안 받아주니까. 근데 빌리 아일리시가 그랬거든. 자기 감정을 SNS에 드러내지 말라고. [왜?] 왜인지는 모르겠어, 근데 그게 맞는 것 같아. [그래, 맞는 얘기야. 뭔가 더 의지를 많이 하게 된다고 해야 하나.] 나중에 보면 후회할 수도 있고. 그리

고 우울을 들여다보면 안 되는 것 같아. [왜?] 우울한 걸 들여다보면, 그냥 더 깊어지는 것 같고, 그냥 행복을 더 들여다봐야 되는… [의식을 행복 쪽으로 쏟는 게 더 좋다?] 응, 행복한 순간을 더 많이 생각하고.

Q. 인터뷰가 끝났습니다. 기분이 어떠세요?

A. 재밌네요. [재밌어?] 약간… 제 속마음을 얘기할 수 있었고, 저에 대해 다시 생각해본 점들이 있고, 좋았던 기억도 떠올리고… 이렇게 말하다 보면, 제가 잘 살고 있는 것 같아요. [그래?] 네. [좋네, 잘됐네.] 그런 것 같아. [그런 생각이 제일 중한 것 같아.] 맞아.

민증만

　　어른인

애새끼

평생을 걸쳐
어른이 되지 못할 거라는 두려움이 있습니다.
제가 생각하는 이상적인 어른이.

2020년 2월

Q. 요즘엔 기분이 어떠신가요?

A. 제가 정신병이 있는데, 이게 지금은 가라앉은 상태라서 잘 지내고 있습니다. [괜찮은 느낌?] 네, 괜찮은 느낌이에요. 그리고 지금 방학이기도 하고. 학교를 다니기 시작하면 다시 다이내믹해지겠죠.

Q. 실례가 안 된다면 어떤 종류의 질환인지 여쭤봐도 될까요?

A. 저는, 일단 우울증이 있고요. 이건 좀 생소한데, 해리병이라고 아시나요? [정확히는 몰라요.] 이게 인격이 여러 개로 분열되는 현상인데, 전 심하지는 않아요. 이인증이라고 해서 해리성 인격장애가 있어요. [그게 요즘은 전보다 괜찮은 거예요?] 네.

Q. 살면서 가장 인상 깊은 사건이라 할 만한 게 있을까요?

A. 저는 일곱 살 때 집에 불이 났던 게 제일 인상 깊었어요. [특별히 기억나는 이유가 있나요?] 아뇨, 제가 했던 생각 때문에 죄책감이 들어서 강렬히 기억에 남았어요. 관심받고 싶고 애정을 추구하고 싶다는 욕망이 삐뚤어져서. 집에 불이 나면 소방관들이 오고, 사람들이 제게 관심을 가져주고 괜찮냐고 물어보고 하잖아요. 그걸 제가 좋아했어요. 한 1초 동안 '사람들이 나한테 관심을 가져주네?' 하고 좋아했는데, 집에 불이 났는데 내가 그런 생각

을 하면 안 되지, 하는 생각으로 다시 돌아갔던 것 같아
요. 그 죄책감이 되게 강했던 것 같아요.

Q. 본인의 인간성에 대해 떠오르는 게 있으신가요?

A. 아무래도 해리라는 정신병의 특성상, 드라마에 나오
는 것처럼 인격이 진짜 휙휙 바뀌어서 막 나이든 사람
이 됐다 젊은 사람 됐다가 하는 건 아니지만, 그래도 저
의 인간성에 대해 하나로 콕 집어 말을 못하겠어요. [생
각나는 대로 말씀하시면?] 생각나는 대로… 일단, 애새끼고
요, 민증만 어른인 애새끼고요. [그렇게 생각하는 이유가 있
나요?] 평생을 걸쳐 어른이 되지 못할 거라는 두려움이
있습니다, 제가 생각하는 이상적인 어른이. 그런 거랑…
생각이 너무 많아요. 지금도 생각을 너무 많이 하고 있
네요. 잠시만요.

　제가 없다는 느낌이 들어요. 왜냐하면, 인격이 극단적
인 분리가 일어나지 않아도 어느 정도의 차이점이 존재
하다 보니 누가 진짜 나인지 모르겠다는 정체성의 혼동
도 오고. [그걸 구분하고 싶으세요? 진짜 나와 그…] 뿌리가 있
으면 좋겠다는 생각이 들어요. 이 상태로 계속 가는 게
좋지 않다는 걸 알고 있어요. 좀 추상적이긴 한데, 뿌리
가 없으면 언젠가 말라 죽을 거라는 위험한 생각도 들
고, 또 제가 진짜 자아 정체성을 확립했다기보다는 닮고

싶은 주변 사람들의 행동을 무의식적으로 따라 하는 게 있어서, 작은 버릇 같은 것을 따라 하는 스스로를 보고 놀라는 거죠. 어, 이거 내 주변의 누구가 하는 행동인데 이걸 내가 왜 하고 있지?

Q. 그런 것이 만족스럽지 않으세요?

A. 그렇죠. 동경하는 거랑 진짜 나는 분리되어야 한다고 생각해요. 닮고 싶은 것까진 괜찮지만 그 사람을 카피하면 안 되죠.

Q. 혹시 이상상이 있나요? 본인이 되고 싶은 인간상?
어떤 인간성을 가진 사람이 되고 싶은지.

A. 스스로에게 부끄럽지 않은 사람이 되고 싶어요. 지금도 너무 부끄럽게 살아오고 있어서. 과거가 주마등처럼 스쳐 지나가면 이불 걷어차는 거죠, 항상. [하지만 우리나라에서는 큰 성과라 할 만한 대학에 입학하시고.] 타고난 기질이랑 환경이 결합해서 저라는 존재를 탄생시켰지만, 제가 원하는 건지 아니면 주변의 환경 때문에 제가 그걸 원하게 된 건지 알 수 없겠더라고요. 그래서 이상을 굳이 꼽자면 누구를 닮으려고 하기보다는 스스로에게 부끄럽지 않고 스스로가 확실한 사람이 되고 싶어요.

Q. 현재 역할에 대해서는 만족하시나요?

A. 장녀라는 정체성이 의외로 제 삶에 큰 부분을 차지하더라고요. [왜죠?] 나이차가 많이 나는 동생이 둘 있어요. 부모님은 맞벌이시고. 나이차가 많이 나다 보니 모범적인 모습을 보여주길 바라는 주변의 압박도 있고, 실제로는 그걸 무시하고 굴러다니고 있지만, 모범적인 어른이라면 좋은 소설을 읽으며 자기 학문과 소양에 열심히 힘쓰는 모습을 보여주겠지 하는… [요즘 그런 사람이 어딨어요. 그런 대학생이 어딨습니까.] 그렇죠? [네.] 위안이 돼요. 핸드폰 붙잡고 가챠 돌리고 있진 않겠죠?

Q. 다들 그렇게 살죠. 그리고요? 또 다른 역할을 하시는 건?

A. 아무래도 여자다 보니 여자로서 요구받는 행동들이 있죠. 아버지나 어머니도 세대차이가 날 수밖에 없고, 제가 사회에서 원하는 여성상 같은 것에 부합하지 않는다는 생각을 많이 하거든요. 머리를 아프로펌을 했었거든요. [오, 멋있다.] 지금은 다 잘라서 약간 삐죽삐죽한데, 제가 사실 오늘 오프 모임이 있어서 최대한 '일스'처럼 입었어요. 원래는 조거팬츠에 닥터마틴에, 그런 모습 때문에 [너는 사회적 여성상이랑 좀 동떨어진다는 말을 듣는?] 네, 그리고 모범적인 상에서 살짝 벗어나 있는? 지금 알바 구한다고 얼굴에 있는 피어싱을 다 뺐는데 알바가 안 구

해지더라고요. [아, 빼신 건가요?] 네, 이거 하나는 박은 거라 뺄 수가 없어요. 여기 13개, 여기 3개, 여기 한 개? 많이 할 땐 34개까지 있었는데 지금은 20개 정도로 줄였어요. [코에도 했었어요?] 다 했어요. 피어싱 일을 하고 싶었는데 부모님 반대로 못 했어요.

Q. 사회적 여성성과 동떨어졌다는 말을 들어서

안 좋을 때도 있었나요?

아니면 그래도 본인의 개성에 만족하는 편이에요?

A. 저는… 학교폭력을 한 번 심하게 겪고 사회에 부적응했던 그 경험이 오히려 제게는 남의 시선을 신경쓰지 않는 계기가 됐던 것 같아요. [어떤 단계를 거쳐서요?] 그때는 사람들에게 절 맞춰주려 했죠. 그런데 점점 머리가 크니까 굳이 사랑하지도 않는 사람들을 위해 나를 깎을 필요는 없다고 생각했고, 자존감이 좀 더 많이 형성된 것 같아요. 그래서 그냥 저를 저대로 표현한 거고.

Q. 본인의 중요한 역할이라고 생각하는 게 또 있나요?

여성, 장녀 그리고…

A. 장녀들의 가장 큰 문제는 엄마와의 관계라고 전 생각하는데, 저는 장녀라는 제 역할에 충실하고 싶은 마음이 사실 없어요. 왜냐면 장녀는 부분적인 제 캐릭터 해석일

뿐이고. 실제로는 그렇게 구애받고 싶지 않았던 거죠. [또 있나요?] 뭐라고 해야 하지, 저는 재미있게 살고 싶어요. 제 역할을 특정할 수가 없네요. 사범대니 나중에 교사가 될 생각도 있지만 교사라든가 장녀, 학교 선배 이런 역할에 구애받기보다는 그냥 자아를 추구하게 되네요. 자아가 너무 비대한 것 같아요. 저한테 충실한 역할을 하고 싶어요. [무언가에 딱히 신경쓰지 않고?] 네.

Q. 귀찮은 것이 있으십니까?

A. 저는 먹는 것도 좋아하고, 씻는 것도 좋아하고 산책하는 것도 좋아하고 다 좋아하는데, 보고 듣는 게 귀찮다는 생각이 가끔씩 들긴 해요. [되게 인상 깊은 말인데요.] 자극이 많잖아요, 시각이랑 청각에는. 그 자극에 대한 반응을 따라갈 수 없다는 느낌이 들어요. 그러면 마치 제가 뒤처진 것 같고, 그러면 또 부정적인 생각이 들죠. 나는 쓸모없는 사람 같다는 생각으로 가다 보니까.

Q. 추상적인 사고력이 굉장히 강하신 것 같아요.

A. 제가 평소에 그런 복장으로 다니니까 아무도 저를 사범대라 생각하지 않고, 특히나 가정교육학과로 생각하지 않습니다. 모두 저를 시각디자인, 패션디자인, 실용음악?

그리고 저는 되게 모순적인 게, 사람들이 저를 신경 쓰지 않았으면 하거든요. 학교에서도. 그래서 아싸가 되려고 휴학을 하고 싶었지만 부모님 반대로 못 했고. 그런데 사범대가 어찌 보면 보수적인 집단일 수도 있는데 거기에 피어싱을 하나둘셋… 일단 얼굴에 보이는 것만 6개였을 거예요, 그렇게 하고 나타나니까. 사람들이 저를 모르게 하려면 얌전하게 하고 다녀야 하는데 튀게 하고 다니니까 소문이 났더라고요. 저는 윗선배를 몰라요, 그런데 그 선배는 저를 알아요. 그런 상황이 되더라고요. '아, 그 친구? 누군지 알아.' 좋은 말이 돌아다니는지 나쁜 말이 돌아다니는지는 모르겠지만. 그래서 아싸가 되고 싶은 마음에 휴학을 하고 싶었어요 계속. 이걸 정신과 의사선생님께 상담드렸더니 되게 모순적인 게 나타난다고 하더라고요. 정말로 사람들이 신경쓰지 않길 바라면 최대한 정상성에 맞춰서 머리도 기르고, 화장도 연하게, 옷도 평범하게 입고 다녀야 하는데 오히려 '제발 저를 알아주세요' 하는 것처럼 하고 다닌다고. [의사선생님 말씀이 좀 그러시네. 무슨 얘기 하고 있었더라? 아, 맞다, 귀찮은 거.]

아, 맞다, 또 귀찮은 거… 시선 처리하는 게 귀찮고 힘들어요. [사람들이랑 있을 때?] 네, 제가 평소에 약간 비스듬히 보거든요. 지금은 그렇지 않은데. 그러면 상대방이 불편해하는 경우가 발생하잖아요. 왜 내 눈을 보고 말하지 않는가? 고등학교 때 친구들이 잠깐 그런 얘기도 했어요. 너 혹시 내 뒤에 뭐가 보이냐고. 아니, 나 그런 사람 아닌데? [혹시 그렇게 보는 이유가 있을까요?] 제가 사람들의 눈을 보는 건 괜찮은데, 그 사람이 저를 보고 있는 걸 제가 그 사람 눈을 통해 보잖아요. 그게 견디기 힘든 것 같아요.

Q. 그렇다면 싫은 사람은 있으신가요?

A. 제가 싫어하는 사람들은 보통 제가 아주 사랑하는 경우가 많아서, 애증인 것 같아요.

Q. 특정인인가요? 아니면 집단이나 유형도 괜찮고요.

A. 이거 되게 웃긴데, 저는 인류를 사랑하거든요(웃음). 좋은 면을 보려고 노력하니까 사랑스럽고 귀엽고, 뭔가 그렇게 바라보고 있어요. 어떤 사람에게 제가 좋아하지 않는 점이 있을 수도 있지만 다른 면에서 그 사람의 선한 면이 있고, 그걸 통해서 세상을 좀 더 좋은 방향으로 이끌어가겠지 하고 생각하니까 딱히 싫어하게 되는 사람은 없더라고요. 하지만 트위터에서 가끔 보이는 성향에 안 맞는 사람들, 예를 들어 제가 프로아나(Pro-ana)를 되게 싫어했던 적이 있어요. 지금은 의식적으로 찌웠

지만 한때 거식증을 가지고 있던 사람이고, 그래서 처음엔 프로아나들이 되게 미웠거든요. 저는 너무 힘든데 이걸 동경한다는 것 자체가. 그런데 왜 동경하게 됐을까 생각해보니 싫어하기가 좀 애매한 거예요. [음… 나름의 이유가 있을 거란 생각이 드니까.] 그죠. 모두 서사가 있을 거라 생각하니까. [되게 따뜻한 이야기네요(웃음).] 제가 인류를 사랑하지만, 가끔 정신병이 심해질 때는 각각의 개인이 서사를 가지고 스스로의 삶을 주체적으로 이끌어가는 존재란 사실이 저한테 위협으로 다가오기도 해요. 저는 제 삶을 다른 사람들처럼 주체적으로 이끌어나가지 못할까봐.

Q. 아무래도 불안하기도 하고….

과정과 결과 중에 어떤 게 더 중요하다고 생각하세요?

A. 전… 인생에 대해서는 워낙 생각을 많이 했거든요. 정신병의 영향이지만 삶에 대한, 죽어야 하나 살아야 하나 이런 생각을 많이 하다 보니까, 아무래도 저는 과정이 먼저라고 생각해요. 태어났다, 죽었다는 결과만 남는다고 생각하면 너무 비극적인 것 같고, 저는 과정에 애착을 가지고 그걸 사랑하고 싶어요. [어떻게 흘러가든 간에?] 네, 과정 자체를 사랑하면 그걸 좋은 방향으로 이끌어가도록 노력할 수밖에 없다고 생각해요.

Q. 오~ 좋아요. 다음 질문으로 넘어갈게요.

사람들과 같이 있을 때가 있고 혼자 있을 때가 있잖아요.

어떤 때를 직관적으로 더 좋아하세요?

A. 혼자요. [이유가 있나요?] 이것도 병의 영향인데, 전 혼자 있어도 혼자인 게 아니라고 느낄 때가 많거든요. 인격이 어느 정도 분열될 때가 있다 보니까. 해리라는 병 자체도 제가 외로움을 견디기 위해서, 생존을 위해서 만든 정신병이니까. 생각해보면 머릿속에 5명이 있어요. 그 5명이랑 같이 10명이 있는 모임에 나가면 저는 도합 15명을 견뎌내야 하는 겁니다. [그렇네요. 기 빨린다.] 네, 그래서 저는 차라리 혼자 있는 게 더 편해요.

Q. 외롭진 않으신가요?

A. 너무 우울하거나 외로우면 사람이 외로움이 뭔지 모르게 된다고 생각해요. 제가 지금 가장 걱정하는 건 누군가와 정상적인 애착관계를 맺어서, 제가 그동안 외로웠다는 사실을 알고 그걸 감당해야 하는 게 제일 걱정이에요. 그런데 이겨내야죠. 평생 계속 이렇게 살 수는 없으니까.

Q. 아는 사람들 없이 혼자서 밥 먹고,

놀기도 하고 생활도 하고 잠도 자야 해요.

그런 상황이 오면 어떨 것 같아요? 예를 들어 유학 같은 느낌?

A. 짱인데요? [그래요? 유학 갔는데 적응이 안 되고 말도 안 통하는 외국인들 사이에서 지내야 한다면?] 그 외국인들은 외국인이고 나는 나니까, 내 삶을 으쌰으쌰하겠다, 그런. [괜찮으실 것 같아요?] 네. 내가 어떻게든 지금까지 견디고 살아 있는 것처럼 거기서도 어떻게든 외국인들과 잘되지 않을까 하는, 어떻게든 긍정적인 생각을 해야죠. 긍정적인 생각을 하다 부정적인 상황이 오면 그때 대처하면 된다고 생각해요. 계속 부정적인 생각을 하다가 실제로 그 상황이 오지도 않았는데 부정의 나락 속으로 빠져버리면, 그건 손해라고 생각해요.

Q. 굉장히 좋은 말씀을 많이 해주고 계세요.

정병러들이 이번 인터뷰를 한 번씩 읽어보면 좋겠네요.

다음 질문. 평소에 가족이 보고 싶으신가요?

A. 매일 보고 살지만, 음… 한창 트위터에 많이 돌았던 어떤 일본 드라마 클립이 있는데, 여자 주인공이 남자 주인공에게 고백하면서, 자기는 펜을 쓰기도 전에 펜을 다 써버리는 상황을 가정한다고 해요. 저는 만남 전에 항상 최악의 이별을 가정하고 있고 가족과 지낼 때도 마

찬가지. 그래서 사고든 아니면 노쇠해서든 나중에 가족들을 떠나보낼 상황을 저는 매 순간 연습하고 있습니다. 그래서 보고 싶죠, 그냥, 항상. 그렇다고 365일 24시간 붙어 있고 싶다는 의미는 아니고. [그리움이나 애착이 남아 있다는?] 그렇죠, 항상.

Q. 평상시에 무엇을 할 때 가장 자연스러운 느낌이 드세요?

A. '자연스럽다'의 정의를 어떻게 해야 할까요? [그냥 아무런 거리낌 없는, 편안한?] 제가 자각도 할 수 없지만, 저는 제가 잠자고 있을 때가 가장 자연스럽지 않나 생각해요. 잠자는 동안 제일 인간답고. 또 아무런 행동이나 요구되는 에너지 같은 것도 없고, 그냥 그게 제일 좋은 것 같아요. 어떻게 보면 나만을 위한 시간이기도 하잖아요. 그게 제일 자연스러운 것 같아요.

Q. 어떤 분들은 방안에 혼자서 멍때리는 것, 일기를 쓴다든가 할 때 자연스럽다고 하더라고요. 말씀하신 '잠'과 비슷하긴 하지만 그 사람들은 의식이 깨어 있는 상태잖아요. 이것과 비교해서 잠자는 거라고 하신 특별한 이유가 있을까요? 의식마저 제거된 그 상황?

A. 이것도 되게 추상적인데, 잠자는 것은 죽음의 연습이라 생각해서, 죽음도 당연히 자연스러운 거고, 어떻게

보면 제가 행동하는 게 전부 인위적이라고 생각하기 때문인 것 같기도 해요. 다른 사람들 행동을 따라 하거나 환경의 영향을 받아서 나오는 생각, 자극에 따른 당연한 반응으로 이어지는 게 의식이 있을 때의 생활이니까. 아무런 자극이 없을 때가 어떤 상태인가, 그게 전 잠이라고 생각해요. 가장 비슷한 게.

Q. 그렇군요. '혼자 거리를 걷는다'는 문장을 보면 머릿속에 어떤 장면이 떠오르시나요?

A. 저는 섬 사이를 걷는다는. [섬이요?] 네, 둥둥 섬. [오, 섬과 섬 사이를? 어떻게요? 거인이 돼서?] 아니요, 그냥 저도 발이 달린 섬이고, 다른 사람도 발이 달린 섬이죠. 어릴 때부터 구원자, 내 삶을 이해해주고 나를 품어주고 나를 좋은 방향으로 이끌어주는 구원자를 찾으려고 했는데, 애초에 이걸 사람에게 기대하는 것 자체가 잘못이라는 걸 알잖아요. 말 그대로 사람은 섬이고, 고정돼 있지 않고 움직이는 존재니까. 제가 말하는 구원자는 '뿅' 하고 나타나는 완벽한 신 같은 존재죠. [그렇죠.] 혼자 걸으면 어딜 걷든 사람이 있을 수밖에 없으니까, 섬 사이를 걷는다는 생각이 들어요. 또 사람이 없더라도 사람이 만든 문명들 사이를 걸어다니게 되니까 결국은 다 똑같다고 생각해요.

Q. 그 이미지를 떠올리면 어떤 느낌이 드세요?

A. 고독. 나쁜 의미의 고독은 아니고요. [그냥 고독 그 자체?] 네, 그냥 받아들여야 하는 것.

Q. 본인의 인생을 기점으로 나눌 수 있으신가요?

A. 또 정신병 얘기가 나오는데(웃음) 왜냐면 기억이 막 또렷하지가 않아요. 제가 억누르거나 억제한 기억들은 잊혀진 경우가 많으니까. 분기를 나누라고 하면… 저는 매 순간 쪼개진 제가 연속되어서 살아가고 있다고 생각해서, 분기를 못 나누겠어요. [그럼 그냥 흘러가는 느낌인가요?] 멀리서 보면 흘러가는 느낌이지만 확실히 다른 것들로 쪼개져 있죠, 영화 컷들처럼. 빠르게 돌리면 움직이는 영상이 되잖아요. 그런 느낌.

Q. 다음 질문입니다. '요즘 사람들'이라 하면 어떤 생각이 떠오르세요?

A. 요즘 사람들은 약간 경각심은 들어요. 제 내면의 불안감이 투영된 건지, 정신질환이라든가 각자의 불안을 가지고 사는 게 저한테 전해진 건지는 모르겠는데, 위태롭다는 생각도 들어요. [어떤 부분에서요?] 아무리 생각해도 저를 투영하는 것 같은데, 사람들과 만나서 즐겁게 놀고 하잖아요. 그런데 자꾸 전 그 사람들도 고독할 거

라는 생각이 들어요. 아무리 다른 사람들과 만나고 놀아
도 결국 채워질 수 없는 고독을 다 가지고 있다. 그 사람
이 결국은 남이잖아요, 그런데 저는 계속 신경쓰이는 거
예요. 어떡해, 저 사람 집에 가면 혼자 외로워… 그러다
가 아니 잠깐, 지금 나를 챙기기도 힘든데 남 생각은 하
지 말자, 그렇게 생각을 끊곤 하죠. 제가 어울렸던 사람
들도 어느 정도 힘들었던 사람들이 많으니까, 저랑 비슷
한 이야기를 가지고 있거나. 만나는 사람들의 특성도 있
는 것 같아요.

Q. 그러면, 요즘 사람들은 요즘 사람들을 어떻게 볼까요?

A. 아무리 생각해도 제 주관이 들어가는데, [괜찮아요.] 필
요할 때는 관심이 없다가 필요 없을 땐 타인에게 지나치
게 관심이 많은 것 같아요. 예를 들어 자극적인 소식에
더 끌리기 마련이잖아요. 좋은 일이 있을 때보다는 타인
이 불행할 때 더. 제가 하는 SNS가 트위터다 보니 더 그
런 것 같기도 한데, 아무래도 사이버불링이라든가, 안
좋은 일이 생겼을 때 좋지 않게 반응하는 경우도 많이
봐서.

Q. 어떤 의미인지 알겠습니다. 다음에는,

누구를 닮았다는 얘기를 들으면 기분이 어떠세요?

A. 제가 좋아하는 사람이면 좋고요, 제가 별로 선호하지 않는 사람이면 그냥 '닮았구나, 안 닮게 노력해야겠다.' 저는 엄마랑 얼굴이 정말 닮은 편이라서 에피소드도 많은데. 한번은 백화점에서 혼자 있었는데 어느 분이 오셔서 '너 혹시 누구네 딸 아니니?' 이러는 거예요. '저희 엄마를 어떻게 아세요?' 했더니 엄마 동창인데 얼굴이 너무 닮아서 어릴 적 모습 그대로이길래 알았다, 그랬던 적도 있었습니다. [그래서 어떠세요?] 어떻게 보면 좋은데, 나중에는 슬퍼질 것 같아요. 특별한 일이 일어나지 않는 한 엄마가 저보다 연령이 더 높기 때문에 먼저 돌아가실 거고, 전 거울을 볼 때마다 엄마의 얼굴이라든가 모습을 마주쳐야 하니까. 보고 싶은 얼굴이니 좋기도 하겠지만, 슬플 것 같아요.

Q. 요즘은 아무리 칭찬의 의도로 누굴 닮았다고 해도

평가의 의도가 들어 있는 게 싫다고 얘기하는 사람도 많잖아요.

그런 의견에 대해서는 어떻게 생각하세요?

A. 싫다고 하면 하지 말고, 괜찮다고 하면 해도 된다고. [개인의 자유일 뿐이다?] 네.

Q. 즐거움을 분류할 수 있으신가요?

A. 네! 나눌 수 있어요. [어떻게요?] 즐거움의 원인에 따라? [어떤 원인이 있죠?] 트위터를 하면서 소소한 즐거움을 얻고, 산책을 하다가도 즐거움을 얻을 수 있고… 즐거움을 분류한다는 생각을 한 번도 해본 적이 없어서, 좋으면 항상 좋다는 생각만 했기 때문에. [지금 한번 생각해보실 수 있나요? 이 질문의 답변에 다들 오래 걸렸어요.]

(한참 후) 즐거움의 원인을 좀 더 생각해봤는데, 결국 모든 즐거움은 사람뿐 아니라 다른 존재랑 소통하는 순간 나온다고 생각해요. 트위터에서 제가 웃는 것도 다른 사람이 웃긴 트윗을 올려서 그랬고, 산책하다가 나무 보고 좋아하는 것도 나무라는 존재와 소통하는 거라 생각하고, 그걸 나누는 존재가 뭐냐는 걸로 분류할 수 있을 것 같아요.

Q. 그러면 그 분류의 우열을 가릴 수도 있으세요?

A. 주류 보편가치가 있다고 해도 그걸 모두가 동의하는 게 아니기 때문에 본질적으로는 우열을 가릴 수 없다고 생각해요. 물론 사회적으로 통용되는 개념으로는 나뉠 수 있겠죠? 보편정서가 동의한 기준에 의해 우열을 나누지 않으면 세상이 안 돌아가니까. 그건 좀 슬프네요. [그래서 우열을 가리긴 해야 한다?] 네.

Q. 무슨 뜻인지 이해했어요. 그러면 '열심히 한다'는 것에 대해 어떻게 생각하세요?

A. 일단 단편적으로 말하면 좋은 거고. 부정적인 상황 예컨대 마약유통을 열심히 한다 이런 걸 생각하지 않고 긍정적인 상황에서는 좋은 거죠. 그런데 열심히 했다고 보상을 받을 거란 생각은 하지 않는 게 좋은 것 같아요. 뽑기처럼 500원을 넣으면 500원짜리 상품이 나오겠지 하고 생각하는데, 500원짜리 열정을 넣었으니까 그에 맞는 500원짜리 결과물이 나오겠지 하고 생각하면 너무 본인이 힘들 것 같아요. 내가 할 수 있는 데까지 하고. [그게 열심히 한다는 것을 대하는 자세라고 생각하세요? 옳은 자세?] 네.

Q. 알겠습니다. 마지막 질문인데, 트위터를 시작한 계기가 있으신가요?

A. 그 계정이, 고1 때 만든 건데 살아 있을지 모르겠네요. (검색) 아직도 있네요, 잠시만요(웃음). 2015년 11월에 가입했고, 2016년 RT를 마지막으로. 되게 반갑고 부끄럽네요. 메인 트윗이 "저는 계피 첨가 음식을 좋아하고 흐물거리는 야채를 싫어한다. 나쁜 사람을 벗어나려고 노력 열심히 하고 있다"라고 돼 있네요. [오호, 귀엽네요.] 처음엔 오타쿠 계정으로 만들었는데, 부모님이 정신

과를 못 가게 해서 조증 우울증 앓고 있는 미성년자 친구들을 자주 만났던 것 같아요. 당시 정병러 계정도 한창 유행했던 시기고, 정병러 모임 같은 것도 있었거든요. 많이 만나고 있었는데, 저는 솔직히 이제 생각해보면 그건 아주 위험한 행동이다. [위험한 사람들이 많았어요?] 위험한 사람들이 많았던 게 아니라, 정신과 진료를 제대로 받고 있지 않고 위태로운 청소년들이 자가진단을 통해서 서로 모임을 한다, 이건 절대로 좋은 결과물이 나올 수 없을 거라 생각해요. 나쁜 영향을 주면 줬지. 실제로도 그런 경우가 있었고. 친구의 권유로 오타쿠 계정을 만들었다가 실제로는 퀴어 정병러 계정이 됐었죠. 이거 평해야겠네요. 언젯적 건지도 모르겠는데.

Q. 왜요, 추억이 될 수도 있죠. 그럼 이번 계정은요?

A. 이번 계정은 2019년 9월에 만들었어요. 제가 이전 계정을 평하고 부산에 가서 오프를 했거든요. 친구의 권유에 또다시 돌아와 버리고 말았습니다. [환영합니다.] 옛날 트친을 많이 데리고 왔는데 어쩌다 보니까 오타쿠 트친들이 많이 생겨서 프사도 오타쿠가 되고 이상한 말을 많이 하게 됐네요. [원래 그런 것이죠.]

Q. 이렇게 해서 인터뷰가 끝났는데요, 기분이 어떠신가요?

A. 재밌네요. 저는 캐릭터 해석받는 걸 굉장히 좋아하기 때문에. [한 말씀 드리자면, 트위터리안들의 정서를 생각하면 되게 긍정적이시고, 또 되게 똑똑하신 것 같아요.] 감사합니다. 상태가 좋을 때 만나서 다행이에요. [저도 인상 깊었답니다.]

힘들다고

　말할

　　기회가

별로

　없어서

자타공인 양파 같다는 말을 많이 들어요.
저는 혼자 생각도 많고,
솔직히 남들에게 공감한다는 것도
열에 일곱은 진심으로 하지는 않아요.
그냥 학습된 능력 아니면 재능,
그에 비해 인간성 자체는 좋지 않은 것 같아요,
제가 노력하죠, 보충하려고.

2019년 12월

Q. 본인 소개를 해주세요.

A. 저는 경기도에 거주하고 있고, 03년생. [진짜요? 대학생인 줄 알았어요.] 03년생이고 학교에 다니고 있고, 어떻게 소개해야 하지. [마음대로 말씀해주시면 돼요.] 어, 커피를 좋아해요. SNS 중에서는 트위터를 가장 많이 하는 것 같고, 그렇습니다.

Q. 요즘에는 기분이 어떠세요?

A. 시험이 오늘 끝났거든요. 근데 성적이 좀 떨어져서 굉장히 우울하죠. 좀 가라앉아 있는 기분. [공부를 잘하시나 봐요.] 잘한다고 생각을 안 해서. 원했던 것보다 많이 좀 다운돼서 슬픕니다.

Q. 요즘이 아니라 한 달만 확장을 해서,

　　무엇을 하셨고 그 행동으로 인해서 어떤 기분이 드셨는지?

A. 근 한 달 학업 공부를 했고요, 동시에 연애를 했습니다(웃음). [진짜요? 어때요?] 기분이 되게 좋고 행복하긴 했는데, 한편 원래 하지 않던 것들을 하다 보니까 내가 해야 되는 것에 집중을 못하나 싶어서 약간 양가감정이라고 하나, 그런 기분이 자주 있었습니다.

Q. 되게 어른스러우시네요. 그러면 근 한 달간 만났던 사람 중에 가장 인상 깊은 사람도 역시 애인이신가요?

A. 네, 그런 것 같아요. [혹시 그분이랑 만나서 뭘 하셨나요?] 얘기를 되게 많이 하거든요. 전공 얘기. 예체능 쪽이고 저는 인문계고. 그래서 전공 얘기를 한다든가 아니면 어떻게 지냈는지 학업 얘기도 하고, 대학 얘기를 하기도 하고, 그런 얘기들을 많이 하는 것 같아요. [행복하신가요?] 그렇죠(웃음).

Q. 애인분이랑 좋은 시간을 보내는 한편 싫은 사람도 존재할 것 아닌가요. 그런 분들은 보통 어떤 유형의 사람들인가요?

A. 쉽게 남의 노력을 폄하하는 사람. 부럽다, 좋겠다, 이런 말들 쉽게 하는 사람. [왜죠?] 저는 보여지는 부분에 비해서 개인사라든가 그런 게 많고, 실제로도 굉장히 노력을 많이 하거든요. 노력하는 과정이 많이 힘들기도 한데 결과만 보고 판단해서 부럽다, 이렇게 얘기하는 거 굉장히 안 좋아요. [결과만으로 판단하는 사람들.] 네. 아, 무례한 사람들도 싫어하는 것 같아요, 화낼 수 없게 무례한 말을 하는 사람들. [음… 학교나 그런 데겠네요.] 그렇죠. 학교라든가 트위터라는 SNS의 특징상 많이 마주치기도 하는 것 같아요. [트위터에 지인이 많으신가요?] 적지 않다고

생각해요. [팔로잉이랑 팔로어가 어느 정도 되시나요?] 지금은 600명씩 되는 것 같아요. [오, 되게 많으시네요. 팔로잉과 팔로어는 어떻게 해서?] 저는 퀴어 계정을 운영하고 있거든요, 그렇다 보니까.

Q. 좋습니다. 현재를 기준으로 가장 의미 있었던 사건은?

A. 원래 예술고등학교에 가려고 그랬거든요. 문창 쪽이요. [진짜 멋있다.] 근데 안 좋은 일도 있었고 정신질환도 앓았고 해서 포기하게 됐어요. 그래서 올해 초까지 굉장히 힘들어했는데, 지금 생각해보면 의미 있었지, 잘했지 싶어요. [다른 계기를 준 것 같아서요?] 그것도 그렇고, 저는 하고 싶은 건 다 하는 성격인데 그걸 포기하게 되었다는 점에서 얻은 게 굉장히 많은 것 같아요.

Q. 혼자서 생활해야 하는 상황이 와요.

그런 상황에 대해 어떤 생각이나 감정이 드시나요?

A. 저는 좋을 것 같아요. [근데 친구들도 못 만나요.] 그래도 나쁘지 않지 싶어요. [이유를 물어봐도 될까요?] 저는 일단 내성적이라고 해야 하나요, 혼자 있는 걸 좋아하거든요. 사람을 만날 때 그 관계나 분위기나 사람이 좋고 싫고를 떠나서 우선은 만나서 같이 있다는 것 자체에서 굉장히 에너지를 많이 뺏기는, 방전하는 편이라서 혼자 있는

것도 되레 더 좋아하는 것 같아요. [그런데도 이 인터뷰 자리에 나오신 이유를 물어봐도 될까요?] 트친이 RT하고 있더라고요. 근데 확 끌렸어요. 하고 싶었어요. [오, 진짜요. 감사합니다.]

Q. 그러면 누군가랑 같이 있을 때랑 혼자 있을 때 중에서 당연히 혼자 있을 때 직관적으로 좋은 감정을 느끼시겠네요.

A. 그렇죠. 같이 있을 때 느끼는 즐거움이나 좋은 감정하고는 좀 다른 것 같아요. [단순히 혼자 있는 게 더 편하다고 느끼는가요, 아니면 감정의 질 자체가 다르다고 느끼시는 건가요?] 보통 저는 혼자 있을 때는 뭔가에 몰두해 있거나 아니면 아예 늘어져 있거든요. 그런 건 사람들과 같이 있을 때 느끼기 쉽지 않은 감정이니까, 그 시간을 좀 더 소중하게 여기는 것 같아요.

Q. 즐거움이라는 감정이 있잖아요. 그것에 대한 본인의 감상이 있을까요? 혹은 즐거움의 종류가 있다고 생각하시는지.

A. 즐거움… 어렵네요. [천천히 생각하셔도 돼요.] 즐거운 건 저한테 있어서는 화려한 느낌은 아니에요. 되게 서정적이거나 아니면 조용하거나, 소소하거나. 외려 너무 크거나 붕 뜨는 즐거움이라고 하나요, 사람 많은 장소에 가

서 논다거나 그런 게 닥쳐오면 저는 피곤해하는 것 같아요. 사람들이랑 가서 얻는 즐거움이랑 제가 그냥 집에서 이불 덮고 책 보면서 느끼는 즐거움은 좀 다르죠. [그럼 책 보는 즐거움이 더] 전 더 좋아요.

Q. 책 보는 것 말고 또 어떤 활동에서 이런 소중한 즐거움을 느끼시나요?

A. 저는 혼자서 하는 게 굉장히 많거든요. 글도 쓰고, 음악도 하고. [음악이요? 작곡이요?] 작곡도 하고 연주나. [오, 어떤?] 그냥 재미삼아서 멜로디나 거기에 음을 쌓거나 베이스를 치거나 하기도 하고요. 클래식을 연주하기도 해요. [컴퓨터로? 아니면] 클래식은 피아노로, 키보드나 그런 거. 그리고 요리도 하고 홈베이킹도 하거든요. 그런 되게 소소하지만 성취가 있는 것들을 좋아해요. [소소하지 않은 것 같아요.] 그런가요(웃음). 각 잡고 하는 게 아니라 혼자서 *끄적끄적*하는 일들이니까 즐거울 수 있는. [음악활동 같은 건 그냥 본인 스스로 하시는 거예요, 아니면 따로 선생님이라든지.] 피아노나 베이스, 드럼 이런 각각의 음악은 배웠지만 작곡이나 그런 걸 배운 적은 없어요.

Q. 예술인이시네요. 멋있다.

나중에 대학 진학을 (예술 쪽으로) 하고 싶으신가요?

A. 저는 원래 문예창작과였는데 예고를 접은 이후로는 경영학과를 희망하고 있어요. [혹시 이유를 물어도 될까요?] 일단 저는 개인적으로 기획력이 강하고 사람들을 이끌 때, 뭔가 일을 구성해서 성공으로 이끌 때 굉장히 성취 감을 느낀다고 생각하거든요. [리더 같은.] 네, 제가 좀 더 학업에 자신 있었다면 교육학과에 갔을 것 같아요.

Q. 열심히 한다는 것에 대한 감상은 확고할 것 같아요. 어떠신가요?

A. 굉장히 집중하죠. 시간에 상관없이 하는 것 같아요. 내일까지가 기한이든 한 달 후가 기한이든 그것을 하는 강도에는 변함이 없이 꾸준하게. 저는 시간을 많이 들이 는 편이에요, 뭔가 열심히 할 때. [그러면 지치는 시간이 있 을 것 같은데.] 열심히 하고 있을 때 지치지는 않아요. 열심 히 하던 게 끝났을 때 피로가 많이 오죠. [그럴 때는 쉬는 편 이신가요?] 네, 지치면 삶의 의지 그런 걸 좀 잃는 것 같아 서 바로바로 쉬어요.

Q. 본인의 인간성에 대해 뭐가 떠오르세요?

A. 저는 자타공인으로 양파 같다는 말을 많이 듣거든요. 사실 저도 잘 모르겠어요. 개인적으로는 '인간성 좋은

사람'이라고 하면 저라고는 생각하지 않아요. 저는 혼자 생각도 많고, 솔직히 남들에게 공감한다는 것도 열에 일곱은 진심으로 하지는 않아요. 그냥 학습된 능력 아니면 재능. 그런 거에 비해 인간성이라 하면 그 자체는 좋지 않은 것 같아요. 제가 노력하죠, 보충하려고.

Q. 현재 본인의 역할이라고 해야 하나, 그런 것에 만족하시나요?

A. 네, 만족하는 것 같아요. [본인의 역할이 뭐라고 생각하시나요?] 저는 우선 집에서는 맏딸을 맡고 있고요. 학교에서는 학생 그리고 학급 부회장을 맡고 있고. 사회적으로는 미성년자, 고등학생. 저는 만족하는 것 같아요. 이 위치가 불만족스럽다고 생각한 적은 없어요. 아, 집안에서는 조금 불만족하는 것 같기도 해요. [맏딸이라는 것에 대한 부담감이?] 그것도 그렇고, 가족 구성원들 사이에 소속되어 있고 싶지 않다. [본인이 만족스러워하는 이유가 있을까요?] 저는 제 기준에서 현재는 최선을 다하고 있거든요. 그렇다 보니까 만족하는 게 아닐까요. 역할에서 할 수 있는 건 다 해보고 있어요.

Q. 과정이 있고 결과가 있잖아요.
그중에서 어떤 게 더 중요하다고 생각하시나요?

A. 저는 결과를 중시하는 편이에요. [이유가 있나요?] 과정

을 아무리 열심히 했다고 하더라도 결과가 나쁘면 저는 굉장히 실망해요. 우선 제가 하는 일에 있어서 그렇고, 확실하게 끝맺음이 되지 않는 느낌은 허무하잖아요.

Q. 그럼 만약 과정이 좋았어요, 개인의 내면에 있어서 얻는 것도 많고. 그런데 결과가 되게 안 좋아요. 그런 상황에서는 불만족으로 끝나는 건가요?

A. 과정에 대해서는 부정적으로 생각하지 않겠지만, 그렇게 되면 이 과정을 밟고도 이렇게 된 내가 문제인가 하는 생각. [그런 식으로 사고가 되는구나.] 네, 원인을 찾으려고 하는 거 같아요. [더 나은 결과를 얻기 위해서. 좋은 과정이 있어도 결과를 상쇄할 만큼의 에너지를 주는 건 아니군요.] 그렇죠. 저는 좀 강박적인 면도 있고, 실제로 성과라는 것에 되게 집착하거든요. 승부욕도 강하고. 그렇기 때문에 남들보다 더 집착하는 것 같아요. 그런 말들도 안 좋아해요. '열심히 했으니까 괜찮아. 다음에 잘하면 되지' 이런 말들.

Q. 귀찮은 게 있나요?

A. 저는 공감, 위로, 이런 것들 있잖아요. 귀찮다기보다는 힘들어요. 힘드니까 귀찮아요. 그 사람의 상황도 알고 어땠겠다 하는 감정도 알고 연민도 실제로 느끼고 힘

들겠구나 하는 것도 인지하는데, 저에게 대입이 되지 않아요. 진심으로 하는 게 위로라고 생각하는데 (대입이 되지 않아서) 그래서 어렵고, 그렇게 하는 위로가 딱히 상대방에게 도움이 되는 것도 아니고. 그러다 보면 결국 양쪽 다 실망하게 되고, 그렇게 되는 패턴에 굉장히 무기력해져요. 차라리 나한테 의지한다고 하면 최선을 다해서 해결책을 찾아줄 수 있거든요. 그런데 공감을 바란다, 그렇다면 저는 조금 어려운 것 같아요. 왜냐하면 공감이나 위로를 많이 받으면서 자라오지 못했거든요. 제가 모르니까 하기가 힘든 것 같아요. [받아오지 못했다는 건 평생에 걸쳐서?] 그렇죠. 자라오면서도 그렇고 가정 내에서 아니면 교내에서 위로나 공감보다는 기대나 선망을 받는 위치에 있었다고 하나요. 이 정도는 할 수 있잖아, 이런 말들. 그리고 그걸 떠나서도, 전반적으로 모든 일에 노력을 아끼는 편이에요. [되게 열심히 하신다면서요.] 열심히 하는데, 밥을 먹고 잠을 자고 어디 나가고 같은, 그러니까 저를 위해서 하는 일들이네요, 저를 위해서 하는 것들이 귀찮아요. 일을 하거나 공부를 하거나 아니면 뭘 제작하거나 성과가 있는 일을 할 때는 굉장히 열심히 하지만, 그 과정에서 저를 위해 하는 기본적인 일들에 좀 소홀해지는 것 같아요. [끼니도 거르고 늦게 자고.] 귀찮으면 며칠씩 안 먹고 아니면 같은 메뉴를 며칠씩 먹거나.

Q. '요즘 사람들'이라는 단어가 있잖아요.

그 말을 들을 때 어떤 분위기나 느낌이 떠오르세요?

A. 요즘 사람들, 참 안 와닿지 않아요? 되게… 삭막해요. 저는 좋아하지 않습니다. [이유를 물어도 될까요?] 우선 요즘 사람들이 살아가는 꼴? 사회가 돌아가는 꼬라지가 지긋지긋하다, 넌더리 난다 그 정도인 것 같아요. 혐오 범죄 같은 사회에서 일어나는 것들도 어렸을 때는 좀 적었던 것 같아요. 요즘 사람들은 사무적인 태도, 되게 의무적으로 살아가는 느낌이 들어서, 들었을 때 달갑지 않은 것 같아요.

Q. 마지막 질문인데, 트위터를 하시잖아요.

하게 된 계기가 있을까요?

A. 중학교 2학년 때, 열다섯 살이죠. 성정체성에 대해 고민을 하게 되었고, 나는 이런 사람이야 하고 정체성을 내렸어요. 그런데 이 지역도 그렇고 주변에도 그렇고 비슷한 사람들이 없으니까. 그리고 여기가 굉장히 보수적인 지역이거든요. 편견 같은 것도 심하고, 그러다 보니까 약간. 사실 처음으로 시작하게 된 계기는 우울계, 그런 내 감정을 쏟아붓고 (싶어서). 인스타그램이나 페이스북 같은 데는 약간 대외적인 느낌도 있고, 뭔가 나의 좋은 부분만을 전시해야 하는 것같이 느껴졌는데 트위터

는 좀 더 개인적이잖아요. 그래서 선택했던 것 같아요. 그렇게 우울한 계정을 운영하게 되면서 퀴어도 알게 되었고. 본격적으로 돌리게 된 건 작년 초부터였는데, 사실 작년 말부터 올해 초까지는 안 했어요. 계정을 없애고. [학업 때문에?] 학업도 학업이고 실제로 힘든 시기도 있다 보니까. 그리고 좀 괜찮아지니까 찾게 되더라고요.

만약 내가 굉장히 힘들고 우울할 때는 (트위터가) 상당히 위험하다고 생각해요. 왜냐면 우울한 사람들끼리 모여 있는 공간이 있다, 그러면 우울한 얘기만 해요. 우울한 얘기를 하면서 내 감정은 해소될지라도 다른 사람들의 우울함이 옮겨온다고 생각하거든요. 쌓이고 쌓이고 쌓이고. 실제로 트위터나 그런 데는 대외적인 페이스북 같은 SNS보다 위험한 정보를 얻기가 쉬워요. 제가 지금은 운영하지 않지만 우울하고 정신질환을 앓고 있었을 때 굉장히 위험하거나 그런 요소들을 쉽게 접할 수 있었어요. [위험한 요소?] 예를 들어 자해하는 방법이라든가 약을 구하는 방법이라든가.

또는 다른 SNS들이랑 다르게 오프라인으로 사람을 만나는 것에 굉장히 개방돼 있다고 하나요, '만날 사람!' 해서 만나고 그러잖아요. 저는 실제로 굉장히 많이 만났거든요. 그러다 보니까 정말 관계에 대해 눈치를 보게 돼요. 이 사람이 나를 만나고 어디서 내 얘기를 하진

않을까 하는 피해의식이 생긴다? 저는 트위터는 굉장히 예민한 사람들이 모여 있는 공간(이라 생각해요), 한 주제에 대해 확실히 쏠리기도 하고 그것에 대한 의견들이 좀 더 공격적이기도 하고. 페이스북, 인스타그램, 카카오스토리 이런 데는 내가 아는 사람들, 실제로 얼굴을 대면한 사람들이랑 맺잖아요. 트위터는 그렇지 않다 보니까 굉장히 날카롭거나, 자신의 발언에 책임지지 않아도 된다고 생각하는 사람들이 많으니까. 내가 정신적으로 피폐할 때는 위험할 수 있겠다는 생각을 했던 것 같아요.

그렇지 않고 내가 건강하고 힘들지 않다 이럴 때는 좋죠. 왜냐면 내 입맛에 맞는 사람들, 나랑 취향이 같은 사람들만 이렇게 모여 있잖아요. 그런 부분은 좋아하기도 하는 것 같아요.

Q. 팔로어분들은 대체로 어떤 성향인가요?

A. 보통은 퀴어죠. 퀴어인데 전부 여자예요. 생각해보면 제 팔로어분들, 되게 좋은 사람들이다. 왜냐면 나를 모르는데 이렇게 허물없을 수가 있구나. 사람과 사람이 직접 대면했을 때 느껴지는 사무적인 태도, 그런 걸 느끼지 못하고, 실제로도 되게 친근해요. 옆집에 사는 사람 같은데 이 사람이 나랑 5시간 거리에 살고 있구나, 가끔 이런 걸 실감하면 신기하기도 하고. 또 얻는 것도 많은

것 같아요. [얻는 거라면?] 이렇게 생각할 수도 있구나 또는 이 사람을 닮고 싶다. 되게 생각이 깊은 사람. 저는 현실에서는 저보다 나이 어린 사람을 상대하는 게 굉장히 불편하거든요. [진짜요?] 동생이 있으니까 아기 보듯이 봐요. 그러다 내가 실수할 것 같고. 그런데 트위터상에서는 외려 어린 사람들한테 배우는 게 있기도 하고. [조숙한 친구들이 많이 하잖아요. 깜짝 놀랐어요.] 맞아요. 나의 이런 부분을 보고 좋아해주는 사람들이 있구나, 나를 좋아하는 사람, '팔로어'라는 정의 자체가 가끔 힘이 된다. 실제로 알고 있지 않은 사람들이지만 실제로 아는 사람들보다 더 좋은 조언을 줄 때도 있고, 저희 600명의 팔로어들이 경중은 있지만 그래도 참 소중한 사람들이라고 생각해요. [돈독한 관계를 가지신 거네요.] 그렇죠. 그런 사람들이 있어요. 체면 차리지 않아도 되는 공간이라서 좋은 것 같아요.

Q. 현실에서 그런 체면이나 지위 그런 것에 대한

부담감이 있으신가 봐요.

A. 어른들이나 친구들이 저한테 갖는 기대는 애는 다 잘한다, 뛰어나다, 어른스럽다, 이런 이미지가 강하거든요. 그러니까 '이 정도는 할 수 있지?'라고 했을 때 제가 '힘들 것 같아요'라고 말할 수 있는 기회가 거의 없어요. 근

데 그런 것들을 트위터에 얘기하면 실제로는 말을 하지 못했더라도 속이 약간 시원하다, 공감을 얻는. 내가 못 하는 게 있어도 실망하지 않는다. [되게 건전한 방향으로 사용하고 계시네요. 좋은 것 같아요.]

Q. 인터뷰가 끝났는데, 기분이 어떠신가요?

A. 저 이런 인터뷰가 처음이거든요. 근데 되게 좋은 것 같아요. 생각이 좀 정리됐다고 하나요. 오늘 여기 나오지 않았으면 (시험) 끝났으니까 집에 가서 종일 아마 우울해하지 않았을까 싶은데, 좀 많이 정리되기도 하고 실제로도 기분이 좋아졌다? [어우, 좋네요. 보람이 느껴집니다.] 좋은 기회였던 것 같아요.

건실한
　청년,
그러나
　　애매한
　인간

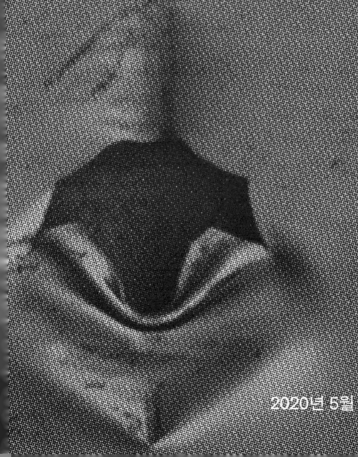

외부적인 요인들은
나름 잘하고 있는 것 같아.
그런데 나 자신의 세계에서
내 역할은 못하고 있는 것 같아.
갈피도 못 잡고,
앞으로 나아가지 못하는 것 같아.

2020년 5월

Q. 본인 소개를 해주세요.

A. 저는 대전에 거주하고 있습니다. 원래 인류학이나 비평 같은 계열을 공부하고 싶었는데 공대를 가서 컴퓨터를 공부하고 있습니다. 이 정도? 취미 같은 거 말해야 하나? [취미? 말한 사람이 없긴 한데, 하고 싶으면 해.] 영화 보는 거 좋아하고, 게임하는 거 좋아하고, 책을 읽는 건 좋아하는데 많이 읽지는 않고, 사진도 좋아하고, 그렇습니다.

Q. 요즘에는 기분이 어떠신가요?

A. 요즘에… 갈피를 못 잡고 있어요. 싱숭생숭. [이유가 있을까?] 일단 다음 주 월요일에 군대를 가니까 그것도 있고, 계획해놨던 것들이 굉장히 많은데 제대로 해놓은 게 별로 없어서. [어떤 거?] 군대 갔다 와서 브랜드를 만들려고 해서, 브랜드에 쓰일 영상이랑 그래픽 같은 걸 미리 만들어두려고 했단 말이야. 그래서 11월인가 12월 방학 시작할 때 계획을 세워놨는데(웃음) 지금까지 한 게 없어. 그 모습을 보면서 아 나는 참… 애매한 인간이구나.

Q. 근 한 달간 대체로 어떤 행동이나 활동을 했고,

그로 인해 어떤 기분이 들었는지?

A. 한 달간은… 영화랑 애니메이션을 굉장히 많이 봤고, [뭐 봤어?] 애니메이션은 80, 90년대 동유럽 단편 애니메이션, 러시아 이쪽 위주로 봤고. [재밌었니?] 재밌지, 최고지. 영화는 컬트 영화를 많이 봤어. [그런 영화는 어디서 찾아보시나요?] IMDB(인터넷 영화 데이터베이스)랑 왓챠에서 리스트를 만들어서 구글플레이나 아마존 그런 곳에서도 보고 아이튠즈에서도 사서 보고. 보면서 느낌이 오는 장면은 스크린샷으로 찍어서 정리해놓고 있어.

Q. 또 기억에 남는 활동은 없어?

A. 옷에 쓰일 걸 위해서 마네킹을 주워 왔고. [어디서?] 그냥 동네 쓰레기장에서. 그걸 주워와서 거기에 콜라주 비슷하게 사진을 붙이는 활동을 하고 있었어. 그거랑, 또 쓸 일이 있어서 영정사진에 쓰이는 리본을 만들고 있었어. [그건 어디서 샀는데? 장례식장에서 샀어?] 아니, 집에 에코백이 있어서 그걸 분해해서 바느질해서 만들었어. 칠은 아직 안 했고. [오호, 바느질을 잘하나 보구나.] 이번이 처음이죠(웃음).

Q. 이런 활동들을 할 때 기분이 어땠니?

A. 일단 뭔가를 소비하는 게 많았는데 그런 건 그래도 미래를 위해서(웃음), 나 자신을 위해서 하고 있다는 느낌이 들어서 굉장히 뿌듯했고. 뭔가를 만들거나 표현할 때는 좀 갈피를 못 잡는? 내가 누군지 잘 모르겠는. 하면 할수록 내가 어떤 생각을 하고 어떤 걸 좋아하는지 (모르겠어서) 그건 단점. [소비할 때가 아니라 창작으로 넘어갈 때는 헷갈려?] 헷갈려. [자기 정체성까지 헷갈리는 거야?] 정체성이라기보단 내 주위를 둘러싼 환경이랑 나 자신과의 관계가.

Q. 근 한 달간 만났던 사람 중에서 가장 인상 깊었던 사람 있어?

A. 인상 깊었던 사람… [나?!] (웃음)한 달간 만난 사람이 홍제동 실친들이랑 트위터에서 만난 사람들밖에 없는데. [근데 저를 선택해주신 이유가 있나요?] 뭔가, 트위터도 그렇고 블로그도 그렇고 전시도 그렇고, 보여주고자 하는 게 확실한 것 같아서. 사실 잘은 모르겠지만 그런 느낌이 들어서, 대단한 사람이다(웃음). [오… 영광이군.] 나는 아직 갈피를 못 잡고 있거든. [그렇다기엔 너도 굉장히 확실한데? 내가 봤을 땐 그랬어.]

Q. 다음으로, 본인 최초의 기억이랄 게 있어?

A. 처음에 대전으로 이사 왔을 때. 아마 세 살이나 네 살쯤이었을걸? 원래 포항에 살았었거든. 처음에 이사 와서 집에 딱 들어갔는데 빌라 2층에 다락방 같은 게 있었어. 거기서 곰팡이냄새 같은 걸 맡고 되게 좋았던 기억이 있어. [오, 굉장히 구체적이구나. 그게 다 기억이 나?] 그건 기억나, 곰팡이 생김새 같은 거. 내가 만들어낸 걸 수도 있고. [그때를 떠올리면 지금은 기분이 어때?] 잘 모르겠어. 별 기분이 안 들어. 되게 멀리 있는 기억이라서.

Q. 현재를 기준으로 가장 의미 있었던 사건이 있어?

A. 친구 ○○이 만난 거? 걔를 만나서 이상한 노래를 많이 듣기 시작했지. [너 이상한 노래 진짜 많이 듣더라?] 응, 지금은 내가 더 많이 듣긴 하는데(웃음) 그때 나는 막 장기하 좋아하고 그랬는데 걔는 린킨파크랑 [몇 살 때였는데?] 아마 초등학교 3학년? [진짜? 초등학교 3학년이 린킨파크?] 어, 그때 걔 그런 거 듣고 콜드플레이 같은 거 듣고 데드마우스도 듣고(웃음). [(웃음)진짜 많이 들었는데, 와 추억이네. 스크릴렉스랑 데드마우스 그런 인간들.] 아, 좋지. 얘 때문에 그런 거 듣기 시작해서, 계속 관심 가지면서 조금씩 비주류에 흘러들어갔어. 그러다 중학생 땐가, 갑자기 개랑 나랑 비슷하게 옷에 관심을 보였던 것 같아. 그때부터

옷을 계속 보면서 나도 만들어야겠다 생각해서. [꿈이 그때부터 의상 쪽이었구나.] 그랬던 것 같아. 그땐 그냥 막연하게 나도 옷을 만들고 싶다. [오랜 꿈이었구나.]

Q. 본인의 인간성에 대해 떠오르는 게 있어?

A. 인간성? 회피하는 거? [회피? 왜?] 어떤 상황이나 관계가 주어지면 되게 많이 회피하려고 하는 것 같아. 인간성이라고 하긴 어렵고, 회피하려는 특성. [관계라 하면, 대인관계?] 그런 것도 있고, 단체? 조직과 나의 관계. [그렇게 느낀 계기가 있어?] 초등학생 때 미국에 1년 갔다 왔는데, 그 전에 친했던 친구들을 만났는데, 걔네가 너무 달라져 있는 거야. 막 뛰어놀던 애들인데 담배 피우고 [어?! 진짜?] 어, 걔네 그때부터 담배 피웠어. 걔네랑 되게 어색하게 지내면서 내가 가면을 만들어 쓴다고 해야 하나, 괜히 괜찮은 척하고. 그때부터 중학교 때까지 계속 그랬어. 진정한 나 자신을 드러내지 않는다고 해야 하나? 그러다 보니 관계도 깊게 만들지 못한 것 같고.

Q. 그렇구나. 그러면 지금 너가 생각하는
'그때의 진정한 나'라고 정의할 만한 게 있어?

A. 오타쿠(웃음)? 그때는 딱 그런 느낌이지. [오타쿠인데 약간 인싸인 척한 거야?] 그건 아니고, 너드? 그게 더 맞나? 그

때 게임을 되게 좋아했어서, 포탈 알아? 게임 이름. [모르겠어.] 그럼, 포트나이트? [어, 알아.] 애들이 안 하는 그런 게임들 찾아서 하면서 좋았던 기억이 있어. [그런 걸 같이 나눌 상대가 아무래도 학교엔 적으니까 그런 부분에서(너도)?] 응. [요즘엔 좀 완화된 거야?] 조금 그런 것 같아. 고등학교 지내고 대학교 가서 좀 완화된 것 같아.

Q. 또 생각나는 것 있어? 인간성에 대해서.
아까처럼 키워드로 얘기해도 되고.

A. 인간성의 정의를 찾아봐야 할 것 같아. (검색) 인간성… '인간의 본성.' 본성… [근데 사회적인 분위기 속에 형성된 그런 본성.] 사라지려는 욕구? 그런 게 있나? 소멸욕? [오호, 왜?] 그냥… 살다 보면 계속 내가 없는 세상을 생각하게 돼. 그러는 때가 많아. 그래서 그런 것 같아. 그런 게 내 본성이 아닌가. 본성… 단어가 어렵다. [아냐, 되게 재밌는 이야기를 하고 있어. 사라지려는 욕구! 왜 그런 생각이 드는지는 알아?] 그건 잘 모르겠어. 근데 그걸 계속 재현하려고 하는 것 같아. 그런 걸 계속 관측하고 알아가려고 하는 것 같아. [너가 없는 세상을?] 그래서 그게 약간 죽음이랑… [그게 네가 자연사한 후의 미래를 얘기하는 거야, 아니면 지금] 갑자기 사라지는 거. [그럼 어떻게 될 것 같아?] 세상은 잘 굴러가지 않을까. [그렇긴 하겠지(웃음). 근데 이건 특별한

이유 없이 그냥 생각하게 되는 거야?] 응… [또 있어? 본성이라고 할 것?] 음… 일단은 패스.

Q. 너의 인생을 몇 가지 기점으로 나눌 수 있어?

A. 일단은 미국 갔다 온 것. [미국은 왜 가게 된 거야?] 아빠 안식년 때 갔다 왔어. 가서 애들이랑 종이접기하고 술래잡기하고(웃음). [그렇게 하고 왔는데 애들이(웃음)] 담배 피우고.

　그다음은 중학교 때 아빠한테 문과 가고 싶다고 말했다가 거절당했을 때. [너 그럼 꾸준히 인문계 쪽으로 진학하려고 준비하고 있었던 거야?] 어, 계속. 그래서 그때 되게 화도 나고 짜증도 났는데, 그런 것보다는 그냥 아빠를 좀 엿먹이고 싶다? 그때부터 그런 생각을 계속 했던 것 같아. [어떤 방식으로?] 브랜드를 만들어서 성공시키는 것. [오~ 굉장히 건실한 쪽으로.] (웃음)건실해야지. [보기 드문 청년이네요. 이 두 개? 대학 간 건 딱히 큰 이슈가 아닌가 봐?] 그냥 또 다른 의무교육을 받는 느낌? 공부도 하고 싶은 공부라기보단 있으니까 하는 공부, 주어지니까. [대단한 사람일세(웃음). 숨 쉬듯이 공부하는 사람 같은데.] 약 먹듯이(웃음). 교양은 점수 되게 잘 나오는데. [뭐 듣는데?] 현대예술의 이해, 현대문화론 그런 거 들었는데, 그건 되게 잘 나왔는데, 전공선택 3개가 재수강이야. [아 진짜(웃음)?] 어, 물리랑 수

학이랑. [수학을 배워?] 미적. [그렇구나.] 그거랑 아두이노로 뭐 만드는 거. [그렇구나. 전혀 모르겠네(웃음).] 재수강 떴어. 큰일났어.

Q. 현재 너의 역할에는 만족하고 있니?

A. 역할? 만족 못하고 있어. [왜지?] 역할… 근데 내가 속해 있는 집단이 여러 가지잖아. 사회에서도 그렇고 가정에서도 그렇고. 가정에서는 어느 정도는 만족하는 것 같아. [아들로서. 형제도 있어?] 어, 여동생. 아들로서 오빠로서 그런 건 잘하는 것 같아. 그런데 사회적으로는 그렇지 않지. 솔직히 지금 상태를 보면 니트(NEET)잖아. [그렇게까지 말할 건(웃음). 어차피 곧 군대 가고 대학도 멀쩡한 데 다니는데.] 그렇지, 건실한 청년, 그러면 외부적인 요인들은 나름 잘하고 있는 것 같아. 그런데 나 자신의 세계? 자아? 그 안에서 내 역할은 못하고 있는 것 같아. [왜? 아까 말했듯이 목표를 지키지 못한다든가 그래서?] 갈피도 못 잡고, 앞으로 나아가지 못하는 것 같아. 아닌가? [항상 뭔가 하고 있는 것 같은데.] 맞아, 항상 하고 있긴 해. [그럼 되는 거잖아~] 돌아가는 거라고 생각하는 것 같아. [이런 고민을 다 하는구나.] 해야지. [사실 나도 맨날 갈피 못 잡아.] 그래도 계속 작업하고 그러잖아. [그렇지, 나도 그렇긴 하는데 그래도. 그래, 뭔 느낌인지 알아.]

Q. 다음으로, 사람들이랑 같이 있을 때가 있고 혼자 있을 때가 있잖아. 직관적으로 생각했을 때 어떤 게 더 기분이 좋아?

A. 직관적으로 생각하면, 혼자 있는 게 좀 더 좋은 것 같긴 해. [특별한 이유가 있어?] 나만의 시간을 갖는다고 해야 하나. 사람에 따라 다르겠지만, 같이 있으면 정신없는 사람들이 있잖아. [어떤 사람들? 너무 외향적인 사람들?] 어. 계속 내가 끌려다니고, 그런 부류가 있어. 그래서 혼자 있는 게 더 낫지. [그런 애들이 친구 중에도 있어?] 아니, 친구 중에는 없어. [그럼 어디서 나온 거야, 이 사람은?] 대학교에서. 인싸들 되게 많아. [그럼 학교생활이 좀 피곤했겠네?] 응. 그래서 그때 트위터를 시작했지. [그랬던 거였구나. 근데 공대는 남초 아냐? 남초인데도 인싸의 기운을 뿜어내?] 과팅 같은 거 하니까, 클럽도 가고. 학교 있을 때 술 딱 한 번 마셨어, OT 갔을 때. [너 술 못 마셔?] 아니, 술 잘 마시고 좋아하지. 근데 학교에선 한 번밖에 안 마셨어. 기숙사에서 영화 보고, 하… [전형적인 아싸 생활을 하였구나.] 그렇지. [동아리 같은 것도 안 들었어?] 일본어 동아리. 공부하려고 들었는데, 실제로 소개도 공부하는 곳이라고 써 있었어. [믿으면 안 되지, 그런 거.] 그러니까, 술만 마시길래 그냥 나왔어. [그런데 혼자 있을 때 외롭다거나 그런 느낌은 안 들어?] 혼자 있을 때 계속 뭔가를 소비해서 그런 느낌은 안 드는 것 같아. 영화를 보거나 책을 읽거나 계속 그러니까.

Q. 다음으로, 너한테 귀찮은 것이 있니?

A. 귀찮은 것… (침묵) [귀찮은 게 별로 없나 보구나.] 가족들과의 관계가 귀찮지. 아니, 가족들이라기보다는 특정 구성원들과의 관계, 아빠라든지. 일단 가족이니까 이어져 있는 거잖아. 그게 [답답해?] 그치. 물론 사랑하긴 하지만, 좀 거리를 뒀으면 좋겠는데 그게 안 돼. [거리라 하면?] 물리적으로도 그렇고, 정신적… 아, 정신적으로는 많이 떨어진 것 같아. 그래서 더 귀찮은 것 같기도 해. [어떤 상황이나 행동을 하게 될 때 귀찮아?] 내 결혼 얘기를 한다든가. [결혼 얘기?] 20대 중반에 결혼을 하래. [진짜? 왜? 너 부잣집이야?] 아니, 그냥 그런 얘기를 계속 하는 거야. 미치겠어.

Q. 너 트위터 봤는데, 약간 무성애 쪽이라 하지 않았어?

A. 그렇지, 그런 트윗이 있지. 그런 감정을 느껴본 적이 없는 것 같다고. 근데 잘 모르겠어. [아직 우리 나이 때는 그런 걸 정의하기는 좀 이르지.] 그러니까. 사람도 많이 안 만나봤고.

Q. 또 있어? 다른 귀찮은 거.

A. 귀찮은 거? 아… 내가 생각하는 이상적인 방향이랑 모순되는 행동들을 할 때? 대학교 공부를 취업을 위한

활동들을 할 때 좀 많이 귀찮아. [나도 진짜 귀찮아. 또 있어?]
딱히 없어. [정말 보기 드문 청년이군(웃음).]

Q. 그다음에, 너가 싫어하는 사람이 있다면?

특정 인물도 괜찮고 집단도 괜찮고.

A. 자기 뜻대로 모든 걸 재단하려 드는 사람? [이유를 말해
본다면?] 사실 어떤 것에 대해서 완전히 안다는 게 거의
불가능하잖아. 휴지 하나만 해도 그것에 대한 모든 정보
를 알기가 불가능한데. 근데 그걸 전부 알고 있다는 듯
이, 남들은 그걸 모를 거라는 듯이 얘기하고 생각하는
것 자체가 맘에 안 들어.

Q. 그렇구나. 또 있어? 싫어하는 유형.

A. 자기가 되게 깨끗한 척하는 그런 유형? 깨끗하다기
보다는 진보적으로 보이려는, 뭐라 해야 하지, 단순하게
얘기하면 내 생각이랑 계속 충돌하는 유형이라서. 이런
사람이 계속 충돌을 만들어내는 것 같아. [실체가 있어?]
실체가 있어.

Q. 너가 혼자 있는 상황에 대해 어떻게 생각해? 가상의 상황인데,

지구에 있는 모든 사람이 사라진 건 아니고,

혼자서 밥도 먹고 생활하고 잠도 자야 해.

A. …계속해서 뭔가 결핍된 듯한 느낌을 받지 않을까? 지금 사는 걸 보면 계속 자극을 받고 있잖아. 주변에 사람들도 있고. [근데 혼자 있는 걸 더 좋아하긴 하잖아.] 어, 그런데 그래도 그런 자극이 없으면 너무 고립돼버릴 것 같아, 나 자신이. 그래서 생각도 안 하게 되고, 멈춰버리지 않을까. [그런 예술 문화를 향유함에도 불구하고 생각을 안 하게 될 것 같다? 그냥 자극으로밖에 다가오지 않을 것 같다고.] 그렇지.

Q. '요즘 사람들'이라는 단어가 있잖아.

그걸 들으면 어떤 분위기나 느낌이 떠올라?

A. 홍대? [홍대 같은 분위기라 함은?] 너무 모든 걸 맹목적으로 소비하는 것 같아. 음식도 그렇고. TV 보고 있으면 포르노 보는 느낌이 있어. 일회성으로 많이 소비하려는 욕망이 막 드러나는 것 같아. 그래서 강남도 별로 안 좋아하고. [강남은 정말 모든 욕망의 집합체잖아.] 모든 게 다 있지. [좋게 다가오는 느낌은 아니네?] 응.

Q. 아까와 결을 다르게 해서 하는 질문인데,

요즘 사람들은 요즘 사람들을 어떻게 생각하고 있을까?

A. 자기 자신을? [요즘 사람들이라 하면 일단 집단이잖아? 집단 속에서.] 별생각 안 하지 않을까? 그냥 계속 보잖아, 유튜브든 틱톡이든 계속해서 보니까 별생각 없이 드나들 것 같아. 근데 그 집단 안에서도 거기에 제대로 안착하지 못한 사람들은 계속해서 끼워 맞추려고 노력하겠지. 그럴 것 같아. [안착된 사람들은 별생각 없이 소비를 반복하는 일상을 보내고.] 응. [약간 인류학 쪽 해도 잘할 것 같다.] 조, 좋은 말씀 감사(웃음).

Q. 즐거움이라는 감정이 있잖아. 그 감정을 분류할 수 있을까?

A. 분류… 즐거움… 분류도 찾아봐야(웃음). [우열을 나눌 수도 있고 종류로 나눌 수도 있고.] 필요한 것? 그것도 분류라고 할 수 있겠지. [이유가 있나요?] 나는 뭔가가 즐겁지 않으면 그걸 하지 않으려고 하는 것 같아. 지금 만들고 있는 것도, 일단 상품이니까 다른 사람이 어떻게 받아들일지도 중요하지만, 결국 그거랑 가장 많은 시간을 보내는 건 나잖아. 그래서 일단 내가 즐거워야 해. 내가 좋아해야 하고. 그래서 즐거움이라는 건 그냥 삶의 원동력, 그런 느낌이야. 단순히 브랜드만이 아니라 모든 일에 다 적용되는 것.

Q. 네가 누굴 닮았다는 얘기를 듣는다, 그럼 기분이 어때?

A. 기분? 오묘하지. [오묘해? 부정이나 긍정으로 치우친 느낌은 아니고?] 어. 나는 내가 누굴 닮았다는 생각을 해본 적이 별로 없어서. 그래서 들으면 완전 새로운 지식을 알게 된 그런 느낌이야. 나에 대해 생각을 해보게 되지.

Q. 근데 요즘에는 아무리 좋은 사람을 닮았다고 해도
자신에 대한 평가의 의도가 숨겨져 있으니까,
결과적으로 칭찬임에도 기분이 나쁘다는 의견이 있잖아.
그거에 대해서는 어떻게 생각해?

A. 평가하는 건 어쩔 수 없다고 생각해. 다들 평가하면서 사니까, 모든 것에 대해서. 악의를 가지고 그러면 기분이 나쁘겠지만. …오혁 닮았으면 좋겠다. [갑자기?] 오혁. [오혁 멋있지. 오혁은 언제부터 좋아하게 된 거야?] 초등학생 때부터. 〈무한도전〉 나오고 나서부터. [아, 그걸로 안 거야?] 그때 알았어. 되게 멋있다고 생각했어. [멋있지. 〈무한도전〉에까지 나와서 한마디도 안 하고.] 그러니까.

Q. '열심히 한다'는 것에 대해서 어떻게 생각해?

A. 약간 종교 같은 거, 사이비종교! [왜?] 하면 분명히 될 것 같거든. 길도 보이고. 근데 (웃음) 실제로 열심히 해서 갈 수 있는 데가 정해져 있을 거 같아. [음… 그건 진짜 그럴

다.] 어, 근데 또 안 하면 아예 나아갈 수 없으니까. 그래서 종교랑 비슷한 것 같아. [그럼 노력의 종착역은 어디쯤이 될까요?] 글쎄요. 방향을 다르게 잡으면 또 달라지지 않을까? 일단 자기가 원하는 걸 하면 어느 정도는 갈 수 있을 것 같아, 목표한 대로.

Q. 과정이 있고, 결과가 있잖아. 둘 중 어떤 게 더 중요하다고 생각해?

A. 과정. [왜?] 결과는 한 번만 기록되는데 과정은 결과 나올 때까지 계속 기록되니까 중요하다고 생각합니다. [그 과정에서 얻을 것도 많고.] 그렇겠지.

Q. 인터뷰를 이제 마쳤어요. 기분이 어떠세요?

A. 홀가분합니다. [홀가분하다고? 약간 짐처럼 느껴졌니?] 아니아니, 내 자신을 돌아보는 게 조금, 하아… [왜 한숨을.] 재밌네. [다행이네. 재밌는 내용이 많이 나온 것 같아. 신난다. 이런 거 하다 보면 진짜 재밌는 사람도 많이 만나. 한두 달 전인가? 이번에 문창과 들어간 여자애를 인터뷰했는데, 재밌더라고. 요즘은 맨날 같이 놀아.]

행복한

희생자는

없대

내가 나를 책임질 경제력이 있어야 해.
일단 디폴트는 혼자니까.
우리나라에서 여자로 살면서
오래 일할 수 있는 직업을 많이 생각했어.
내가 진짜 이게 하고 싶다, 이런 것보다

2020년 1월

Q. 본인 소개를 해주세요.

A. 지금… 스물한 살이고, 대학생이고, 요즘 되게 게으르고 살고 있습니다(웃음). [게으름의 원인은?] 사실 공부를 해야 하는데 하기 싫고, 너무 재밌는 게 많아. 그래서 이것만 봐야지, 이것만 봐야지 하다가 후루룩 지나가서 그냥 자고.

Q. 요즘 기분은 어때?

A. 기분? 요즘 대체적으로 평온하거나 아니면 약간 죄책감이 많이 들어. [죄책감?] 지금 하는 공부를 같이 하는 친구가 있거든. 학교 커뮤니티가 있잖아. 아마도 개로 추정되는, 말투가 비슷해서 그 친구로 추정되는 사람이 올린 글을 봤는데, 하루 12시간 공부하는데도 너무 부족해서 속상하다는 글이 올라온 거야. [대학생 맞아?] 내가 지금 약대 가는 시험을 준비하고 있거든. 그런데 그 친구가 그렇게 올린 글을 본 거야. 나는 요즘 이러고 살고 있는데. 그래서 해야 하는데 내가 안 하니까 그런 죄책감. [그렇군. 수험생에서 벗어났는데도 그런 죄책감에(웃음).] 아직 수험생이 끝나지 않았어(웃음).

Q. 원래 꿈이 약대였어?

A. 고3 때 약사를 하고 싶어서. [오, 혹시 특별한 계기가 있나?] 나는 나를 과대평가하지 않으니까 의대, 약대 이런 건 꿈도 못 꾸는 애였는데, 우리 고모가 약사시거든. 고모가 한번 해보라고 얘기해주신 거야. 주변에서 하는 사람이 있고 뭔가 계속 좋은 말을 해주니까. 딱 보기에 그 직업이 되게 워라밸이 좋잖아. 그리고 나는 고등학교 때부터 진로 생각할 때 내가 나를 책임질 만한 경제력이 있어야 하고, 일단 디폴트는 혼자니까, 그런 생각을 많이 해서. 우리나라에서 여자로 살면서 오래 일할 수 있는 직업을 많이 생각했어. 내가 진짜 이게 하고 싶다, 이런 것보다 이렇게 살면 내가 좀 이상적으로 살 수 있을 거다 이런 생각을 많이 했어. [굉장히 전략적이시군요.] 애초에 그걸 생각하고 지금 내 과를 온 거야. [너의 과가 편입하는 데 도움이 돼?] 응, 내가 생명과학이거든. 생명이나 화학과를 나오면 도움이 되는 것 같아.

Q. 현재를 기준으로 생각했을 때 가장 의미 있었던 사건은 뭘까?

A. 중학교 2학년에서 3학년 올라갈 때, 인터넷에서 어떤 글을 봤어. 자기가 책을 읽고 인상 깊었던 구절들을 올려놓은 글이었어. 《신은 언제나 익명으로 여행한다》는 책이었거든. 거기서 어떤 문장이 되게 인상 깊었어. 행

복한 희생자는 없다고 말하는 구절이 있었는데, 내가 사실 중학교 2학년 때까지 되게 소심했거든. 원래는 안 그랬는데, 흔히 말해서 노는 친구들이랑 우연히 친해진 거야, 6학년 때. 중학교도 동네가 비슷하니까 이어지잖아. 그런데 중학교 때도 부딪치는데 안 맞아서, 그러다 보니 소심해지고, 그게 중2 때 피크를 찍었어. 그래서 장난도 잘 못 치고 다 좋다좋다, 내 의견 내세우는 것 없이 그렇게 사는 게 있었거든. 그랬는데 2학년에서 3학년 올라갈 때 그 글을 인터넷에서 딱 본 거야. 그게 당시 나한테 되게 인상 깊었어. 뭔가 내가 희생한다고 생각했나 봐, 스스로. 희생한다는 걸 몰랐지만 행복하지 않았던 거겠지? 그래서 행복한 희생자는 없다는 글을 보고 충격을 받아서, 나를 바꿔보게 된 계기가 됐거든.

그리고 그때 우연히 다이어리를 쓰게 된 거야. 언니가 샀는데 1+1으로 왔다고 줘서 쓰게 됐는데, 그때 책에 또 무슨 내용이 있었냐면 진짜 사소한 거라도 하루에 잘한 거 몇 개를 칭찬해주기 그런 게 있었어. 그래서 일기를 맨날맨날 쓰고 그런 걸 하면서 자존감이 많이 생기고. 그리고 중3 때 만난 친구들도 잘 맞았고. 나한테 가장 큰 일이라고 생각하면 항상 그때를 꼽아. [터닝포인트?] 응.

Q. 다이어리를 씀으로써 자존감이 높아졌다고 했는데,

정확히 어떤 포인트인지가 궁금해.

그냥 일상을 정리했기 때문에?

A. 내가 나를 칭찬하는 걸 되게 많이 했거든. 진짜 사소한 건데, 나는 소심해서 발표를 못했어. 그래서 학원에서 내가 큰소리를 내서 답을 말하고 선생님이 잘했다고 칭찬해주고 그런 걸 그냥 썼어. 학원에서 내가 크게 답을 말했는데 얼굴이 뜨거워지긴 했지만 그래도 잘한 것 같다, 이런 식으로 되게 사소한 건데 내가 잘한 걸 쓰다 보니까 괜찮아지더라고.

Q. 좋습니다. 그럼 현재 역할에는 만족하고 계신가요?

A. 난 만족하는 편이야. [특별한 이유가 있을까?] 이유? 뭔가 그래도 지금 내 위치가 약간 안정된 상태 같아. 집에서도 내 할 일 잘하고, 그래서 엄마 아빠가 날 되게 좋아하고. 대학교에서도 내 공부 열심히 하고, 동기들이랑도 잘 지내고. 그밖에 고등학교 때 친구들과도 꾸준히 만나고 잘하고. [음, 안정되어서.] 안정되어서.

Q. 근데 안정이 조금만 부정적으로 보면 무력함일 수도 있는데

그런 느낌은 딱히 안 들고?

A. 아, 변화가 없다는 점에서. [응, 변화가 없어서 약간 권태감

이라든지 그런 건 안 와?] 난 변화나 삶의 무력감을 주변인과의 관계에서 찾지는 않는 것 같아. 나는 남이랑 관계를 맺거나, 얘기하거나 상호작용을 하는 것보다는 혼자 뭘 하는 게 많아서. 너가 말하는 삶의 무력감을 느끼고 되게 권태로울 수 있을 만한 건 내가 혼자 알아서 채우는 거고. [뭘로 채워?] 콘텐츠들을 많이 보려고 하는데, 커뮤니티 같은 게 도움이 많이 돼. [어떤 방면으로?] 예를 들면 나는 취미생활도 그랬고 디미토리 사이트 자체가 정보성 커뮤니티거든. 사람들이랑 소통한다기보다는 강의 여러 개 있는데, 거기서 주제에 대한 얘기만 하는 거야. 어떻게 보면 디씨랑 비슷할 수도 있지. 나는 거기에서 영화 얘기나 드라마, 책 같은 정보를 많이 얻고. 그런 걸 습득하고 그러다 보니. [그렇군. 굉장히 건강하네요.] 건강해(웃음)? [짱 건강한데?]

Q. 너의 인생을 몇 가지 기점으로 나눌 수 있어?

A. 음… 두 개? [어떻게?] 아까 말했던 중2에서 중3 올라갈 때가 첫 번째고, 그리고 대학교 들어와서 스무 살. [스무 살 때는 왜?] 여자대학교에 왔잖아. 그러면서 뭔가 되게 많이 배우고 느끼는 것 같아. 주변 환경들 자체가 임파워링이라고 해야 하나, 멋있는 사람이 너무 많은 거야. 물론 (남녀)공학 가도 그렇겠지만, 같은 여자들을 보고

느끼는 게 많잖아. 학교 다녀보면 진짜 사람들이 다양하거든. 삭발하고 다니는 사람들도 있고. 그런 겉모습도 되게 다양하고, 교양수업 같은 데서 발표하고 얘기하는 모습도 다양하고, 또 총학생회장이 다른 데는 거의 남잔데 우린 여자니까, 그분이 뭔가를 바꾸려고 학교에서 노숙을 했거든. [오, 나 봤어, 유튜브로.] 봤어? 멋있지 않냐? [어. 너무 멋있더라.] 그분도 그런 임파워링을 해준, 저 사람 멋있다 나도 저렇게 하고 싶다 그런 롤모델 같은. 어떤 사안에 계속 목소리를 내는 사람이 진짜 많은 거야, 대학에 오니까. 그런 걸 보니까 되게 자극도 되고, 많이 생각하게 되는 것 같아.

그리고 그런 사람들뿐 아니라 친한 동기들이랑도 뭔가 건설적인 대화를 많이 하게 됐거든. 고등학교 친구들 만나면 그냥 웃긴 얘기만 하고 재밌는 얘기만 하는데 대학 동기들이랑 얘기하면 같은 걸 배우니까 학업 얘기도 하고, 또 여자 학교니까 여성 인권 얘기도 하고 그런 문화. 되게 건설적인 얘기를 많이 하다 보니까 좋은 것 같아, 뭔가 마음을 가꾸게 되는? [그러면 뭔가 정신이 삐뚤어지거나 쇠약해질 일이 별로 없겠네? 발전하게 되는 기회가 많은 거지.] 어, 자극될 만한 요소가 항상 많아. [그게 다 좋은 쪽이고.] 응, 좋은 것 같아.

Q. 본인의 인간성에 대해 떠오르는 게 있나요?

A. 성격 같은 건가? [사전적 의미로는 인간의 본성이래.] 본성? 음… 무던하다? [그렇게 생각하게 된 계기가 있어?] 그냥 사람들이랑 관계 맺다 보면 많이 느껴. 특히 커뮤니티 하다가 많이 느끼는데, 나는 화에 대한 역치가 좀 높다고 생각하거든. 그냥 화가 잘 안 나. 짜증이 나도 표현을 잘 안 하고, 그걸 키우지 않는단 말야. 커뮤니티 같은 데는 사람들이 많이 싸우잖아. 이상한 사람들이 너무 많고. [맞아.] 난 그런 걸 보면서 항상 왜 저러지? 왜 에너지를 저렇게 소모하지? 그게 이해가 안 가는 거지. 나는 그런 기복이 별로 없으니까. 그래서 무던한 사람이다.

Q. 내가 가상의 상황을 만들었는데, 혼자 있어야만 하는 상황이야.
혼자 밥 먹고 놀기도 하고 잠도 자야 해.
그거에 대해 어떻게 생각해?

A. 너무 오래 지속되지만 않는다면, 괜찮아. 내가 대학 와서 또 바뀐 게 뭐냐면, 독립심이 진짜 커졌어. 내가 보기엔 여자대학교라서 더 그런 것 같아. 다들 되게 혼자 다녀. [정말 좋은데?] 그치? 다들 서로 간섭을 안 해. 누구는 단체활동도 적고 하니까 재미없다고 하긴 하는데 나는 너무 편했단 말야. 혼자 밥도 많이 먹고. 학식 먹으러 가면 한 70% 정도는 다 혼밥하고. [와, 천국 아냐?] 그래서

혼자 먹는 게 너무 익숙해진 거야. 나랑 같이 지내는 동기들도 다 혼자 잘 지내는 사람들이라서, 너가 없으면 나 혼자 못하겠어, 이런 사람들이 아니라서. 그래서 난 괜찮을 것 같아.

Q. 만약 공학이었다면 달랐을 것 같아?

뭔가 더 무리지어 다녔을 것 같아?

A. 그럴 것 같아. [이유가 뭘까?] 일단 주변에서 듣는 얘기? 나랑 친한 친구들은 다 공학에 갔어. 그 친구한테 우리 학교는 혼밥도 많이 한다고 하니까 부럽다는 거야. 자기도 원래는 혼밥을 했는데 이제 못하겠대, 하도 다들 같이 다니니까. 그런 얘기 들으니까 그렇겠구나 하는 생각이 들었어. [나도 아주 직관적으로 그 말을 알겠거든. 왜 그럴까? 왜 남녀공학은 소문 같은 것도 빨리 퍼지고 그런 걸까?] 왜 그러지? [생각해봅시다. 재미있는 주제 같아.] 이성이 있다는? [그런 자각 때문에?] 이성이 있으면 혼자 있는 것처럼 보이고 싶지 않은가? 아닌가?

Q. 만약 남자대학이 있으면 거기도 혼밥이 자유로웠을까?

A. 아… 그럴 것 같기도 하고? 아닐 것 같기도 하고? 근데 혼밥 할 거 같아. [거기서 여자가 끼면 또 얘기가 달라질 것 같고.] 이성에의 감정 때문인가? [평소에 의식할 대상이 생기

니까 더 민감해지는 건가?] 그치. 남에게 보여지는 내 모습을 더 많이 신경쓰게 되는 것 같아. 대부분의 사람들이 친구가 없어 보이고 싶어 하진 않잖아. 고등학교 때 생각해보면, 우린 공학이잖아. 그때 생각해보면 혼자 있는 것처럼 보이고 싶지 않았던 것 같아. [맞아. 급식은 절대절대 혼자 안 먹고.] 혼자였으면 차라리 안 먹었지(웃음). 신기하네.

Q. 본인에게 귀찮은 게 있어?

A. 음… 일어나서 앉는 것? 아, 연락하는 것도. [동기들?] 그냥 다. [세상 사람 전부?] 그래서 난 연락이 못 이어져. 너무 귀찮단 말야. 용건이 없으면 날 안 찾아줬으면 좋겠는 거야. 그냥 '뭐해?' 이런 거 너무 싫어(웃음). [맞아. 아무 것도 안 하고 있는데(웃음).] 오래가는 친구들을 보면 내가 연락 안 하는 것에 연연하지 않는 성격. [아하, 쿨한 애들.] 어, 서로 필요할 때 찾는 애들, 용건 있을 때 찾는 애들과 오래가. 내가 오랫동안 답을 하지 않아도 별로 신경쓰지 않는 애들? 서로 그래. 내가 카톡을 보내면 걔가 며칠 뒤에 답장하는데, 난 그거 신경 안 써. 그렇게 서로의 연락에 집착하지 않는 친구들이 오래가는 것 같아.

Q. 그런데 어떤 사람들은 반대로,

용건 있을 때만 부르는 사람들이 싫다고 하는 의견도 있잖니.

A. 그치. [넌 그게 이해가 되니?] 어, 어떤 사람들은 일상을 공유하고 같이 재밌는 얘기하고 싶어 하는 사람이 있을 거 아냐. 그런데 나는 보통, 재밌는 게 있으면 그걸 굳이 친구한테 얘기하지 않고 차라리 트위터에 올리지. 거긴 혼잣말하는 공간이잖아. 각자 혼잣말하다가 가끔 맞으면 대화하고 그런 공간이니까, 차라리 그런 곳에 올리지. 그래서 무슨 심정인지 이해는 가는데, 난 아닌 것 같아.

Q. 본인에게 싫은 사람이 있어?

A. 있지. [특정 유형이나 인물 다 괜찮아.] 유형도 있고 인물도 있어. 유형은… 멍청, [멍청?] 지능에 의해 멍청하다는 게 아니고, 옳고 그름을 모르는 사람 있잖아. 예를 들면 자기가 빻은 말 하면서 빻은 줄 몰라. 자기 행동이 무례하고 잘못된 걸 모르는 사람. [실생활에서 그런 일을 겪었니?] 최근에 알바를 하는데 그렇게 '아가씨'라 불러. 난 그게 너무 짜증나는데. 특히 중년 남성들이 그렇게 많이 부르거든. 난 그게 무례하다고 생각하는데 그 사람들은 그걸 몰라. 그런 게 되게 많은 것 같아. 자기가 하는 말이 실례인 줄 모르는 사람.

Q. 이 글을 나중에 기성세대도 볼 수 있거든.

그 사람들에게 왜 무례한지 설명해준다면 어떻게 할 수 있을까?

A. 아, 아가씨… (한숨) 사실은 그게 그냥 젊은 여성을 부르는 호칭이기도 하잖아. 그런데 그게 사회에서 사용되는 곳들이 너무 내가 좋아하지 않는…. 저번에 진짜 나빴던 게, 어떤 술 취한 사람이 들어왔어. 내가 알바하는 데가 아빠가 하시던 가게거든. 그래서 고모 두 분이랑 할머니가 와 계셨는데, 어떤 술 취한 사람이 들어와서 전화해서 '여기 아가씨 세 분 있어!' 막 이러는 거야. 우리 고모랑 할머니한테 '아 저희도 세 명인데 딱 좋네요!' [무슨 개소린지?] 너무 불쾌한 거야, 그런 상황이. 내가 살면서 봐왔던 아가씨라는 호칭이 쓰이는 순간들이 다, 좋지 않았어. 일단 존중하지 않는 마인드가 있는 것 같다고 생각이 드니까. [낮게 보는 느낌.] 그런 게 싫지. 그런 무례함을 모르는 사람들이 그래서 싫은 거고.

Q. '요즘 사람들'이라는 단어를 들으면

어떤 분위기나 느낌이 떠올라?

A. 힙에 미쳐 있다(웃음). [한 80퍼센트가 이 말을 해.] 진짜? 신기하다. [힙에 미쳐 있다, 인스타 감성, 힙스터 천국. 다들 느끼나 봐. 왜?] 특히 나는 인터넷을 많이 하고 SNS를 많이 하다 보니까 더 느껴지는 건데, 항상 그런 게 있어. 인터넷

행복한 희생자는 없다

을 하다 보면 인스타에서 노간지인 거 말해보기, 길티 (guilty)인 거 말해보기. 그런 글이 되게 자주 보여. 온갖 걸 다 길티래. 이런 건 힙하지 않고 저런 건 힙하고, 인스타에서 힙한 장소들을 막 찾아가고 그런 걸 보면, 아 진짜 요즘 사람들은 힙에 미쳐 있구나(웃음).

Q. 그러면, 요즘 사람들은 요즘 사람들을 어떻게 생각할까?

A. 난 별로 안 좋아한다고 생각해. [이유는?] 특히 인터넷에 보면 요즘 사람들의 특징을 욕하는 사람들이 너무 많아. 그것에 동조하는 사람도 많고. [왜 안 좋아할까?] 내가 아까 말했잖아, 힙에 미쳐 있는 느낌이라고. 진심으로 자신에 대해 생각하고 고민해서 '이런 게 내 지향' 하면서 올리는 것보단 있어 보이려고 하는 사람이 많아진 것 같다고 생각해. 누군가 보기에는 왜 꾸며내서 있어 보이려고 가식적이려 할까, 그런 측면에서 안 좋아하겠지. 뭔가 억지 느낌?

Q. 평소에 가족이 보고 싶어?

A. 가족? 보고 싶지. 특히 엄마, 되게 좋아하지. [오, 진짜? 이유가 있니? 어머니를 사랑하는.] 우리 엄마가 가족을 위해서 희생을 너무 많이 해. 나는 고등학교 때부터 결혼을 못 하겠다는 생각을 했거든. 우리 엄마를 보면서 그랬

어. 나는 그렇게 못 살 거 같은 거야. 나는 나 챙기기도 급급하고, 개인주의적인 성향이 있는 것 같아. 그런데 엄마한테 그 얘기를 한 적이 있어. 엄마가 너무 희생하는 것 같다. 근데 엄마는 자기가 희생한다는 것도 모르는 것 같아. 너무 익숙해져 있어서. 알고 보니까 외할머니도 그러셨대. 외할아버지가 일을 안 하셨대. [뭐? 어째서? 어떻게?] 몰라 나도. 평생 일을 안 하시고 외할머니만 계속 일하셨던 거야. 엄마는 그걸 보고 자랐으니까 당연하다고 생각한 거지. 그래서 엄마가 안타깝고, 약간 애틋한 것도 있고. 그래서 보고 싶어.

Q. 다음으로, 즐거움을 분류할 수 있어?

A. 응. [어떻게?] 같이하는 즐거움과 혼자 하는 즐거움? [아, 그렇게. 같이하는 즐거움은 어느 포인트에서 즐거움을 느끼는 거야?] 혼자 있으면 못 했을 것들을 같이 해서. 예를 들면 친구들이랑 충동적으로 밤을 새우고 한강에 간 적 있어. 그런 건 솔직히 나 혼자서는 못 했을 거잖아. 같이 있으니까 갑자기 할래? 할래? 할래? 하고 간 거잖아. 그런 즐거움이 같이 있을 때만 만들어질 수 있는 거라면, 혼자 있는 즐거움은 보통 즐거움의 크기가 좀 작은 것 같긴 한데, 잔잔하긴 한데 내가 하고 싶은 걸 하면서 알 수 있는 즐거움.

Q. 그게 우열을 가릴 수 있을까? 크기도 그렇고 질도 있잖아.

A. 음… 크기는 일단 같이 있을 때가 스펙터클한 게 더 많다 보니까 즐거움의 크기 자체는 같이 있는 즐거움이 더 큰 것 같고. 음… 우열보다는 종류가 다른 것 같다고 해야 하나. [아, 그런 느낌일 뿐이야? 우열을 안 나눠도 되고?] 응, 혼자서 만들어내는 즐거움은 내가 이런 생각도 하고 저런 생각도 해가면서, 내가 사는 것에 영향을 좀 더 많이 미치는 것 같은데, 같이 만드는 즐거움은 그 시간이 너무 좋으니까 기억에 많이 남긴 하는데 내가 사는 방식에 영향을 미치지는 않는 것 같아.

Q. 과정이 있고 결과가 있잖아.
둘 중에 어떤 게 더 중요하다고 생각해?

A. 난 확실히 결과가. [이유가 있어?] 그냥 나는 '열심히 했으니까 됐어'는 잘 안 하는 것 같아. 열심히 했으면 결과가 잘 나와야 기분이 좋은 것 같아. 내가 학교에서 팀플 하나 PPT로 만들었거든. 그것도 '고생하셨어요' 하는 말은 안 와닿아. 근데 조원이 나한테 '왜 이렇게 다재다능하세요?'라고 했어. 결과에 대한 칭찬이잖아. 너무 좋은 거야. 그런 거에 생각이 나더라. 난 결과가 더 중요한 것 같다.

Q. 다음으로, 누굴 닮았다는 말을 들으면 기분이 어때?

A. 난 별로 좋진 않은 것 같아. [이유가 있어?] 난 사실 동명이인도 안 좋아하거든. 고등학교 때에도 학교에 동명이인이 있었어. 이름이 같다는 이유로 그 친구를 별로 안 좋아했어(웃음). 왜 그런지는 나도 잘 모르겠거든. 누구랑 닮았다고 하는 것도 썩 좋진 않은 것 같아. [연예인 닮았다고 하면?] 들어본 적이 없어서. [들었다고 생각하면?] 좋은 것 같진 않은데, 그렇다고 나쁠 것 같지도 않아.

Q. 아무리 좋고 예쁜 사람을 닮았다는 칭찬을 들어도
   평가의 의도가 담겨 있어서 불쾌하다는 게
   페미니즘 쪽에서 지배적이잖아. 그런 의견에 대해서는 어때?

A. 어느 정도 맞는 말 같아. 사람에 대해 칭찬하는 것 자체는 기분 좋아지는 일이고 좋은 상호작용이잖아. 그런 면에서는 좋은데, '너 예쁘다'는 말 자체가 칭찬으로 너무 많이 쓰이다 보니까 예뻐지고 싶다, 저런 얘기를 듣고 싶다는 사람이 있을 수 있잖아. 페미니즘에서는 꾸밈을 탈피하려는 결이 많은데, '굳이 예쁠 필요 없다'는 게 중요한 생각이잖아. 그런데 예쁘다는 게 칭찬으로 계속 쓰이다 보면 결국 중요한 가치가 될 수도 있고 나도 예뻐지고 싶다, 나도 화장해야겠다는 생각으로 이어질 수 있으니까 그걸 지향하는 게 좀 그런 것 같긴 해. 누구는

자기 스스로 화장하고 예뻐지고 싶고, 외압 때문이 아니고 내가 좋아서 할 자유가 있는 것 아니냐 하면, 그건 맞아. 그런데 강박 같은 게 있는 사람도 있잖아. 화장 안 하면 밖에 못 나가겠고, 이런 사람들도 있으니까 예쁨을 좇는 게 너무 당연시되면 안 될 것 같고. 남이 뭐라고 할 수 있는 건 아니라고 생각하는데 그게 정말 내가 좋아서 하는 건지, 아니면 해야 할 것 같은 느낌 때문에 하는 건지를 경계하고 [구분해야 한다] 어, 그런 생각이야. [후자는 명백하게 개인의 발전을 저해하는 행위니까.] 어.

Q. 본인은 무엇을 할 때 가장 자연스러워?

가장 자연스럽다는 행동을 떠올려봐.

A. 뭘 할 때 내가 나답냐, 그런 건가? [그냥 본인이 그 행동을 할 때 거슬리거나 의식하는 것 없는.] 드라마 볼 때? 드라마 덕질을 되게 많이 해. 항상 드라마 보고 사람들이 무슨 얘기하는지 보고, 나도 이런 생각을 해보고. 드라마 보는 게 되게 자연스러운 것 같아. [드라마 뭐 봐?] 요즘에는 못 봐. 요즘은 공부하느라 자제하고 있어. [세상에, 이게 대학생이란 말인가.] 자제할 수밖에 없는 게, 너무 과몰입을 하니까. [과몰입하면 뭐가 안 좋은데?] 내 현생을 못 살아. 나는 그런 쪽 자제를 못 하는 것 같아. 드라마는 한번 하면 호흡이 3개월 정도 된단 말야.

Q. 좋아요, 그러면 당신이 혼자서 길을 걷고 있습니다.

그 장면을 생각해보면 뭐가 떠올라?

A. 빨간… 보도블록 말고 아스팔트 같은데 빨간 거 있잖아. 옆에 초록색 있고. 그런 길이 생각나고, 옆에 차도가 있고 가로수가 있고, 내가 노래를 듣고 있는 장면? [어때? 기분이?] 좋아. [좋아? 어딜 가고 있어? 목적지가 있어?] 집에 가고 있어, 전에 살던 집. [귀가하고 있군. 근데 혼자 거리를 걷는다는 행위 자체가 뭔가 좀 쓸쓸하고 외로운 이미지로 느껴질 수 있잖아. 그러진 않고?] 응, 되게 좋아.

Q. 다음카페는 해보니까 어때?

A. 좋은 점도 있고 나쁜 점도 있는데, 좋은 점은 대기업이잖아. 트래픽 같은 게 잘 안 걸리고, 하나의 글에 많은 사람이 모여도 괜찮단 말야. 그래서 정보를 나누거나 한 가지 주제를 좋아하는 사람들이 한 글에 모여서 되게 많은 말을 하기에 좋은데. 근데 거기에 남을 욕하는 게 즐거운 사람들이 너무 많아. [주로 누구를 욕해?] 여성 커뮤니티니까 페미니즘 글이 많이 올라오거든. 근데 정작 건설적인 이야기에는 댓글이 별로 안 달리고, 누가 잘못했다 그런 글에는 떼로 몰려들어서 욕을 하는 거야. 그런 걸 보면서 진짜 여기에 관련 있는 게 맞나? 아니면 그냥 누굴 욕하는 게 즐거운 건가? 그런 생각이 많이 드는데.

거기다 내가 '이러지 마세요'라고 하진 않지만 '그게 옳은가?'라는 생각을 많이 하지. 좋은 면도 있는데 도덕성의 기준이 흐려지는 그런 느낌이 있어. [관대해질 수도 있다는?] 욕하는 게 아무렇지 않아지는. 다들 너무 많이 욕을 하니까 '해도 되나?'라는 생각이 드는.

Q. 트위터는 어떤 단점이 있다고 생각해?

A. 트위터도 단점이 많지. [어떤 단점? 다음카페랑 비슷해?] 비슷하면서 다른데, 너무 깡패 같은 사람이 많아. 예를 들면 다음카페는 옛날 글까지 찾아가서 댓글 다는 사람들은 많이 없어. 근데 트위터는, 내가 혼자 미드를 보면서 어떤 내용을 썼는데, 처음 보는 사람이 내 글을 인

용하면서 욕을 하는 거야. [뭐라고?] 되게 매력적인 악역
이 있었어. 그래서 얘가 제일 좋은데 미친 건가 이렇게
혼잣말을 했는데, 처음 보는 사람이 갑자기 인용하면서
'미친 거 맞는 듯' 이러는 거야. 기분이 나쁘잖아. [뭐야~
진짜 깡패야? 모르는 사람한테 시비를 걸고.] 진짜 깡패가 너무
많고, 그다음으로 거기에는 비멘테러라고 하잖아. [어 맞
아, 나도 받아봤는데.] 진짜? [어, 주기적으로 당해.] 웃기지 않
아? 그냥 숫자 가지고 위압감을 주려고 하는데, 어이가
없어. 내 지인 트친들이 누구랑 싸우면서 하는 걸 본 적
이 있거든. [뭐라고 달아?] 진짜 별 내용 안 달아. 'ㅋ' 'ㅋ
뭐라는 거야' 이런 걸 많이 다는 거야. [진짜 찌질하다.] 그
걸 보면서 아니 저게 뭐야(웃음). [그게 타격이 있나? 타격이
있으니까 하는 거 아냐.] 누구는 그렇게 달리면 '내가 지금
트롤링(trolling) 당하나? 내가 뭘 잘못했나'라는 생각이
들게 하면서. [유치하군요.] 그니까. 트위터도 단점이 많아.
뭔가 휩쓸리는 게 많은 것 같아. 물타기 너무 많고.

Q. 맞아. 그럼 트위터의 좋은 점을 얘기해보자면?

A. 좋은 점 많지. 커뮤니티랑 다른 점은, 내가 좋아하는
사람, 내가 원하는 내용들로 내 타임라인을 채울 수 있
는 게 일단 좋고, 그리고 실시간성이 되게 좋아. 재난 같
은 게 났을 때 뭐가 좋대 뭐가 좋대 이런 게 빠르게 돌잖

아. 그런 면도 좋은 것 같고. 그리고 내가 좋아하는 사람들 팔로우해놓고 보는 것도 좋고.

Q. 좋습니다. 이제 끝났습니다. 기분이 어떠신지요?

A. 오, 뭔가 신기해. [뭐가?] 이런 걸 하는 것 자체가. [인터뷰하는 게?] 응, 해본 적이 없잖아. 살면서 누가 나한테 물어봐주지 않잖아. 내가 나한테 물어볼 수는 있는데, 아까 했던 것처럼 '너의 인간성은 뭐야?' 이런 질문은 사실 친구끼리 안 물어보잖아. 그런 질문을 받는 것 자체가 신기하고 좋지.

사춘기가

끝났다고

생각했는데

지민 님은 예술 쪽을 타고났다고 하면,
누구는 운동이고, 누구는 건축이고
이런 게 있을 거 아니에요. 나는 그게 뭐지?
그런 것들을 찾아야 하는데.
계속 그런 생각을 해요. 그만두지 말걸.

2023년 4월

Q. 본인 소개를 해주세요.

A. 저는 올해 스물세 살이고, [저랑 동갑이네요.] 진짜요? 00년생. [네.] 알바를 하는 중입니다.

Q. 본인의 최초의 기억이 있으신가요?

A. 제일 어렸을 때요? 동생이 약간 갓난아기, 동생이 태어나서 완전 어리고, 비가 오고 있었는데 제가 빨래 바구니에다가 좋아하는 인형들을 넣고 끌고 가는 장면.

Q. 요즘은 기분이 어떠신가요?

A. 요즘에요, 썩 좋진 않다. [이유가 있으신가요?] 개인적으로 안 좋은 일도 있고, 부모님과의 관계가 좀… 저는 괜찮은데 부모님이 뭔가 한계에 도달하는 느낌? [한계라 하면? 님을 양육하는 데 있어서 한계라는?] 내가 이 정도면 많이 참아줬지 않니? 약간 이런 식으로

Q. 근 한 달간 대체로 뭘 하셨고 어떤 기분이셨나요?

A. 캘린더 봐도 돼요? [네네.] 한 달 동안, 그냥 계속 알바하고, 병원 다니고, 친구들 만나고, 일상에서 벗어나는 그런 이벤트도 있긴 했는데 그래도… [어떤 이벤트가 있었나요?] 송사에 얽혀 있어서, 어떻게 얘기해야 할지 모르겠는데, 어쨌든 제가 피해자들을 만나서 [피해자요?] 네.

이제… 보이스피싱 피해자분들 만나서 정말 죄송했고, 그때 고의가 없었고, 그리고 피해 회복을 위해서 어떻게 할 건지 얘기하면서… 그게 반년 정도 지난 일인데, 반년이 지나고 나서 다시 마주보니까 되게 느낌이 다르더라고요. 계속 경찰서 왔다 갔다 하는 것도 피곤하고. [실례 되는 질문일 수도 있겠지만, 그걸 왜 하신 건가요?] 그때 한창 알바를 구하고 있었는데, 알바몬 알바천국 이런 데다가 이력서를 공개해놓잖아요. 그래서 문자가 온 거예요. '일자리 구하셨나요?' 제가 '아니요' 그랬더니 저희는 수도권에 있는데 외근직을 구하고 있다, 혹시 하실 수 있냐고 해서 했는데, 몇 개월 전에 전화 와가지고 보이스피싱이었다, 알고 있었냐 해서. [그래도 고의가 아니었는데 좀 억울하시겠네요.] 그래도, 고의는 아니었지만 '나도 피해자야' 이렇게 말할 수는 없으니까, 그분들이 피해 본 것도 맞고.

Q. 근 한 달간 만났던 사람 중에서 가장 인상 깊었던 사람이 있으신가요?

A. 딱히 없는 것 같아요. [처음이에요, 딱히 없다고 답을 들은 게. 인상 깊었다고 느끼는 사람이 말 그대로 없었던 거죠?] 네.

Q. 혹시 그렇다면 싫은 사람은 있으신가요?

싫은 유형 아니면 특정한 사람이든.

A. 딱히 없는 것 같아요. 막 좋아하는 부류도 없고 싫어하는 부류도 없고 다 그냥저냥. 처음 보는 사람들은 좀, 싫어한다기보다 별생각 없이 약간 낯을 가리는? 제 행동을 보고 '날 싫어하나?' 그렇게 많이 느낀다고 하더라고요.

Q. 귀찮은 건 있나요?

A. 너무 많아요. [어떤 게요?] 움직이는 게 너무 귀찮고. [구체적으로 얘기를 해보면?] 누워서 일어나는 것도 귀찮고, 목마르면 냉장고까지 가야 하는데 그런 것도 귀찮고. [공감이 가네요.] 핸드폰 하는 것도 귀찮은, 그냥 쳐다보는 것도 귀찮아요. [핸드폰은 재밌으려고 하는 건데 그것마저 귀찮다(웃음).] 자꾸 쳐다보기도 귀찮고, 답장 같은 거 엄청 느리게 해서 잔소리 들은 적도 있고. [저랑 약간 비슷한 유형이시네요. 저도 진짜 많이 혼나는데. 그 외에도 너무 많다?] 네.

Q. 현재를 기준으로 가장 의미 있었던 사건이 있으신가요?

A. 제가 유학을 갔었는데, 유학을 포기하고 아예 한국에 오겠다라고 한 게 포인트이지 않을까. [유학은 왜 포기하셨나요?] 부모님이 계속, 코로나가 너무 심해져가지고 들어

왔는데 너 다시 가야 되냐, 대학에 왜 가냐, 대학에서 너가 얻을 수 있는 거랑 한국에 있어서 얻을 수 있는 거랑 비교를 한번 해보라고. 경제적인 시점으로 봤을 때 유학하면서 드는 비용 대신에 너가 한국에서 투자를 배우든지 그런 것들을 하면, 너도 어차피 대학 졸업해서 돈 많이 벌려고 그러는 거 아니냐, 차라리 그 돈을 가지고 뭐를 해봐라, 부모님이 설득을.

Q. 보통 기성세대분들은 대학 가라는 입장이 큰데
좀 다른 입장이시네요. 님은 어떠세요?
대학에 가는 게 더 좋으세요?
아니면 다른 길을 택하는 게 좋으세요?

A. 지금은 너무 후회해요. 내가 왜 엄마 아빠 말에 휘둘려서 다 던지고 왜 그랬지. 친구들도 있고, 진짜 제가 하고자 하는 거였기 때문에, 지금도 계속 방황하고 있는 시기라고 할까. 어떤 게 맞는 건가, 저에게 맞는 게 있잖아요. 뭔가 하나씩 타고났다고 해야 하나, 그런 것들이 있을 텐데. 뭐라고 불러야 하죠? [저는 지민이에요.] 지민님은 예술 쪽을 타고났다고 하면, 누구는 운동이고, 누구는 건축이고 이런 게 있을 거 아니에요. 나는 그게 뭐지? 그런 것들을 찾아야 하는데 갑자기 이 상황이 생소하다 보니까 계속 그런 생각을 해요. 그만두지 말걸. 그

럼 적어도 친구들하고 같이 시험기간에 공부하고 과제하고, 이런 것들이 있으면서 고민을 더 해도 됐을 텐데. [그렇죠. 하고 싶은 건 딱히 없으시고요?] 네, 진짜(웃음). [하고 싶은 분야… 고민되실 수 있겠네요. 그래도 하고 싶은 거 생겨도 고민은 계속되는 것 같아요(웃음). 저도 마찬가지고, 고민은 그냥 계속 있는 것 같아요.]

Q. 본인의 인간성에 대해 떠오르는 게 있으세요?

A. 무난하다.

Q. 사람들이랑 같이 있을 때가 있고 혼자 있을 때가 있잖아요.
어떤 게 직관적으로 생각했을 때 기분 좋으세요?

A. 같이 있을 때 기분이 좋아요. [그럼 혼자 있을 때는 어떠세요?] 혼자 있을 때는 너무 복잡해지는 것 같아요. 혼자 굴을 파는 기분.

Q. '요즘 사람들' 하면 어떤 분위기나 느낌이 떠오르세요?

A. 엠제트 세대. [(웃음)그렇게도 표현할 수 있을 것 같아요.] 신조어 만드는 거 좋아하고, 그리고 예전에는 요즘 사람들이 되게 힙한 걸 찾는다고 생각했는데, 힙의 대중화라고 해야 하나, 너무 다들 비슷한 거 같아요. 자기의 특정한 것, 특이점을 찾으려고 다들 노력하고 있으니까, 각자

다른 방식으로 같아지는 느낌.

Q. 그렇다면 요즘 사람은

요즘 사람들이란 키워드에 대해 어떻게 생각할까요?

A. '난 아니야.' 다들 그런 것 같아요. 꼰대들도 한마디 하고 싶지만 한마디 하면 꼰대란 소릴 듣겠지 하고, 내가 여기서 이런 말을 하면 또 요즘 사람들이라 저런 말을 하냐는 말을 들을 것 같아서 참는 느낌. 나는 요즘 사람 아니고 꼰대 아니고. [무슨 느낌인지 알겠어요. 저도 약간 알게 모르게 그러는 것 같아요.]

Q. 가족이 보고 싶으신가요?

A. 같이 살고 있어서. 떨어져 있을 때야 그렇지, 보기 싫어도 보이고 보고 싶어도 보이니까.

Q. 과정이 있고 결과가 있잖아요.

둘 중에 어떤 게 더 중요하다고 생각하세요?

A. 무조건 결과요. [이유가 있나요?] 시작했으면 마무리는 있어야 하고, 결국 끝나서 보이는 건 결과니까. 결과에 그 과정들이 묻어서 보인다면 정말 좋겠지만 쉽지 않잖아요.

Q. 현재 역할에는 만족하시나요?

A. 아니요. [이유가 있나요?] 맡고 있는 역할에서 중요하게 생각하는 게 저는 대체할 수 있느냐 없느냐인데, 제가 맡고 있는 역할들이 제가 없으면 안 되고 유일무이하거나 굉장히 특별한 그런 게 없어서. 언제든 내가 아니어도 될 텐데, 그래서 [대체될 수 있으니까?] 네.

Q. 혼자 있는 것에 대해서 어떻게 생각하세요?

혼자 밥 먹고 생활하고 잠자야 해요.

A. 그러면 진짜 성실한 사람들만 혼자 살아야 된다. [오, 외로움을 안 타는 사람들이 아니라 성실한 사람들. 이유가 있나요?] 규칙적으로 생활을 해야지, 일어나고 밥 먹고 뭐 하고 이런 것들이 계속 이어져야 삶이 유지된다 이런 느낌이 드는데, 그게 아니라 '나 힘들어' 그러면서 널브러지고, '오늘 괜찮은데' 이러면서 밤새우고 이렇게 왔다 갔다 하면 건강도 안 좋아지고, 오래 유지되기 힘들 것 같아요. [정말 신선한 답변이네요. 잠시 쉬었다 할까요?] 네.

Q. 계속해봅시다. 열심히 한다는 거에 대해서 어떻게 생각해?

A. 노력은 배신한다. [어째서?] 노력은 언젠간 배신한다, 노력을 믿어서는 안 된다. [너무 재밌다.] 과한 노력? 절대 필요하지 않다. 비유하자면 물이 끓으려면 딱 100도의

온도가 필요한데 그게 1000도, 1만 도면 증발해서 물이 사라져버려. [오… 그걸 실생활에서 느끼게 된 구체적인 경험이 있어?] 공부하면서. [공부 열심히 했나 봐.] 한때(웃음).

Q. 혹시 즐거움을 분류할 수 있어?

A. 정신적인 것과 육체적인 것. 정신적인 즐거움은 새로운 걸 알게 된 것? 너무 나와 잘 맞는 드라마를 보든가 영화를 보든 책을 보든 그러면서 '되게 재밌다' 하고 즐거운 게 정신적인 즐거움인 것 같고. 육체적으로는 성적 쾌감(웃음)? 그것 말고는 딱히. [그럼 둘 중에 어떤 게 더 좋아?] 정신적인 거. [어떤 면에서?] 나만의 것이라는 생각이 들어서. [육체적인 건 그런 느낌이 안 들고?] 어, 너무 짧다고 해야 하나.

Q. 어떤 행동을 할 때 가장 자연스러워?

A. 잘 때. [왜?] 혼자서 별별 생각을 다 한단 말이야. [어떤 생각?] 뜬금없이 저번 주말에 친구들이랑 강원도에 놀러 갔는데, 밖에 나가서 산 보는데, 아 인간이 제일 부자연스럽구나, 제일 자연과 동떨어져 있구나, 그런 생각을 했어. 요즘에 환경 문제가 많으니까 진짜 인간이 제일 부자연스럽고 자연과 동떨어져 있는데, 그런 게 가장 덜 할 때는 잘 때가 아닌가. [잠은 다 자니까, 모든 생물이.] 눈을

뜨는 순간부터 계속 일상생활에서, 이런 빨대나 핸드폰 같은 기기들도 다 인간이 만들어낸 건데, 자는 동안은 다 똑같다.

Q. 누구 닮았다는 얘기를 들으면 기분이 어때?

A. 기분 좋지. [이유가 있어?] 보통 누구 닮았다면 좋은 사람들을 얘기해주니까. 쟤 눈에는 내가 그렇게 보이는구나. 뭔가 나를 좋게 봐주는 것 같아서. [근데 요즘에는 남이랑 비교하는 것 자체가 외모에 대한 평가다 이런 얘기 있잖아. 그건 어떻게 생각해?] 싫다면 안 하면 되는 거고, 나는 개인적으로 기분 나쁘게 생각을 안 하니까, 그게 싫고 실례 되는 행동이라면 안 하는 게 맞지.

Q. 인생을 한 가지 혹은 몇 가지 기점으로 나눌 수 있어?

A. 기점으로? 어렵네. [생각할 시간을 줄게. 사진 찍고 있을게.] 세 가지? [어떻게?] 지금 제일 친한 친구를 만났을 때가 첫 번째 기점이고, 중학교 1학년 때고. 두 번째는 (유학) 떠났을 때. 세 번째는 유학을 끝내고 한국에 들어왔을 때. [그 친한 친구는 어디서 만난 거야?] 초등학교 2학년 때 같은 반에서 친해진 친군데, 그전에는 골목대장처럼 밖에서 뭔가 했는데, 그 친구를 만나고 친해지고 처음으로 카페 같은 데도 가고, 애슐리 이런 데도 처음 가보고, 걔

네 집에 가면서 땅콩버터, 미니양배추 이런 새로운 것들을 되게 많이 알게 돼서, 뭔가 실내에서 하는 그런 것들을 많이 알려줬다고 하나, 그전에는 놀이터에서만 놀았는데.

[두 번째, 유학은 몇 살 때 간 거야?] 고등학교 졸업하고 나서 갔는데. 그때 처음으로 가족이랑 떨어져보고, 진짜 아무도 모르는 곳에 가서 처음부터 사귀어야 되고. 그게 굉장히 어려워서 어렸을 때도 스키 캠프처럼 어디 가서 자고 오고 이런 것들 하나도 안 했는데, 처음으로 혼자 낯선 곳에 떨어져서 적응해야 하니까 그게 좀 힘들었어. 공부도 해야 하고. 그러다 익숙해질 때쯤 세 번째, 한국 들어와서 계속 방황하는 시기. 사춘기가 끝났다고 생각했는데 아직이구나. [공감 간다(웃음).]

Q. 혼자 거리를 걸을 때 기분이 어때? 뭐가 떠올라?

A. 평소에 산책을 진짜 많이 하는데, 정말 아무 생각도 안 하고 노래 들으면서 머리를 비우려고 걷는단 말이야. 아무 생각 없이 그냥 날씨가 많이 풀렸네, 눈이 와서 걷기가 불편하다, 감촉을 느끼는 것 같아. 발 디딜 때, 가을에 낙엽이 되게 많이 떨어지면 그게 쌓여서 폭신폭신해지잖아. 그런 거 제일 좋아하고, 추울 때는 땅이 좀 얼어있고 그러면 겨울이구나, 날이 풀리면 날이 풀리는구나.

[그럴 때는 기분이 어때?] 도망가는 느낌? [너의 그 모습을 제삼자의 시선으로 보는 거야. 그러면 어떤 생각이 들어?] 걷는 모습을? 언제까지 걷지? 뭐 이런 생각? [많이 걷나 보네(웃음).]

Q. 트위터를 시작한 계기가 있어?

A. 맨 처음 계정을 만든 건 친구들이랑 하려고 초등학교 때 처음 만들었고, 그다음엔 연예인들 구독계, 덕질하려고 하다가 지금 계정은 처음으로 일상계를. 외로워서 뭔가 나한테 좀 더 공감해줄 수 있는 사람들, 비슷한 처지의 사람들과 소통하고 싶다? [비슷한 처지라고 하면 어떤?] 힘들어하거나, 처음 (유학생활) 시작했을 당시에 되게 (우울함이) 심했을 때라서, 이걸 선생님 말고 다른 사람들에게 말하기가 쉽지 않잖아. 부모님에게도 친구들에게도. 같은 생각이라고 해야 하나, 같은 상황의 사람들과 소통하면 좀 낫지 않을까.

Q. 인터뷰가 끝났거든. 기분이 어때?

A. 신기하고. [어떤 게?] 내가 인터뷰를 하고 싶다고 한 게, 내가 타인을 보는 건 쉬운데 타인이 나를 보는 걸 상상하기가 어려워. [그치.] 다른 사람을 통해서 나를 본다면 어떨까? [이거 책에 나올 수 있다는 거 알지?] 어, 진짜 대단하다. 신기해. [어떤 게 신기해?] 이런 걸 진행한다는 것

도 신기하고, 보면서 나도 궁금하고. 어느 영역에 이런 재능이 있을까? [에이, 나도 학교에서는 막 학사경고 받고(웃음), 망했어, 학교생활은.] 진짜 일상에서 만나는 사람 제외하고 오랜만에 이런 약속을, 처음 만나는 사람과.

Q. 좋습니다. 마지막으로 하고 싶은 말씀 있으세요?

A. 인터뷰 책이 나온다면 서점에서 사야겠다. [정말? 고맙네.] 신기해. MBTI에 사람들이 과하게 몰입한다 해야 하나, 이 유형은 어떻고 저 유형은 어떻고 막 너무너무 반복한다 해야 하나. 나에게 어울리는 꽃은? 이렇게 선택해가면서 자신의 성격이 어떤 유형과 맞지 않고, 그러면서 재밌네 그러는데, 그런 심리분석보다 (인터뷰가) 훨씬 재밌다. [다행이고만, 재밌었다니. MBTI를 이기다니.] 아 진짜 MBTI는 사라져야 해. [넌 유형이 뭔데?] INTP. 이런 거 너무 싫어. 없어져야 해.

고통은

　　살아 있는

　　느낌이라

　　나쁘지 않아

휴학도 했는데 이게 잘한 선택인가?
부모님도 반대가 좀 있었거든요.
그냥 다닐 때 다녀라 이러셨는데
저는 좀 부담돼서.
불안감은 있죠. 아는 형 매장 면접 봤는데.
면접에 떨어지면 또 막노동해야 하니까.

2022년 4월

Q. 본인 소개를 해주세요.

A. 소개 어떻게 해야 해요? [그런 거 안 알려줄 거예요. 한번 해보세요.] 어… 음… 아이, 어떻게 해야 하지. 그냥 스물아홉 살 먹은 남자다? 꿈은 없고, 그냥 앞날만 보고 살고 있는. [꿈이 없으세요?] 꿈이 없다기보단 요즘은 잘 안 보여요. 희미하다고 해야 하나. 패션 일 좋아해서 이쪽으로 해보고 싶고, 부모님도 패션 디자이너라서 [정말요? 멋있는 집안이다.] 옛날이요, 지금은 아니에요. 사정이 갑자기 많이 안 좋아져서 제가 집에서 오래 쉰 적이 있어요, 3~4년 정도. 그래서 (꿈이 희미한) 것도 있고. 요즘은 또 애매한 나이라서 남들은 다 취업하고 있는데 나 혼자 가만있는 느낌도 들고. 남들 사정하고 비교하긴 그렇지만, 열등감이랑 그런 게 많이 생겼어요, 최근에.

Q. 근 한 달간 대체로 뭘 하셨고 어떤 기분이 드셨나요?

A. 맨날 망상하고, 최근에 사람을 의외로 많이 만났어요. [대학교 친구들?] 아니에요. 온라인 친구들. 그리고 알바하다가 친해진 형들도 많이 만났고. 생각해보니 여러 가지 일이 있었거든요. 어떻게 설명해야 하지… 제가 이런 일이 별로 없어가지고. 제 머리로 이해하기 힘든 일이 많았거든요. [어떤 일인가요?] 스페이스로 친하게 된 두 살 많은 누나가 있었거든요. 그분이 저한테 관심이 있었

나 봐요. 친구들이랑 만나기 전에 그 누나가 저한테 가슴을 만지게 해달라 포옹을 해달라 이런 식으로 [성희롱이잖아.] 성희롱… 일단 얘기를 들어보세요. [네네.] 조건을 제시했거든요. 담배 한 갑 주면 (포옹을) 해줄 거냐. 전 좀 고민을 해봤죠. [싫으셨어요?] 솔직히는 싫었죠. 그런데 담배 한 갑에 4500원이잖아요. 10초에 4500원이면 나쁘지 않다 이런 생각이 들었고, 까짓거 얼마나 하겠어 이러면서 괜찮다 하고 만났거든요. 그 사람이 담배를 여섯 갑 갖고 온 거예요. [무슨 짓을 하려고. 작정을 했구나.] 작정을 했죠. 짧게 요약하면 그 사람이 술을 마시면 술 취한 감정으로 저한테 엄청 불편하게 하는 거예요. 팔짱 낀다거나, 더한 스킨십을 요구하거나, 머리 쓰다듬어달라고 하고. 솔직히 제 취향이 아니거든요. 저는 그냥 제 얘기 많이 들어주니까 좋은 사람이라고만 생각했는데 그게 아니었나 봐요. 총 세 번을 봤거든요. 처음 만났을 때 당황스럽고, 두 번째는 좀 불쾌했고, 세 번째는 진짜 선을 넘었어요 이 사람이. 세 번째 만났을 때 빡쳐서 다음 날 연락 같은 거 안 하고 다 씹었거든요. 장문의 DM을 저한테 보내더라고요. 미안하다, 내가 실수한 거 있으면 사과한다. 그런데 저는 기분 너무 안 좋아서. [뭔데요, 궁금하게.] 인터뷰잖아요. 개인적인 얘기 해도 돼요? [인터뷰가 개인적인 얘기 하는 건데요 뭐.]

저희가 처음 만났을 때 네 명이서 만났거든요. 한 친구는 일 때문에 늦게 오고, 저랑 이 사람이랑 제가 관심 있었던 친구랑 셋이 만났거든요. 그 사람한테 포옹당하고 1차 갔어요. 그런데 이 둘이 존나 친한 거야. 친한 사람끼리 혹시 키스 돼요? 여자 여자끼리. [그걸 왜 합니까? 이유가 없죠.] 근데 하더라고요, 둘이. [둘이 사귀는 거 아냐?] 그게 아니라 얘가 술기운으로 '언니 너무 좋아' 하면서 키스를 하는 거야. 그거 보고 좀 당황스러웠죠. 그래도 나쁘진 않았어요. 처음 본 광경이기도 하고, 재밌잖아요. 그리고 2차 술집으로 갔는데, 늦게 온다던 친구가 왔어요. 제가 관심 있던 여자애가 그 남자애 오니까 바로 좋다고 달려드는 거예요. 아 씨발 이거 뭐지. 남자애랑 부비부비하는 거 보니까 갑자기 질투가 나는 거예요. 그러다 노래방에 갔는데, 저는 이성적으로 이해가 안 가는 거예요. 여자애 둘이는 갑자기 딥키스하고, 나는 갑자기 질투가 나고, 이 누나는 자꾸 나한테 엉기고. 그래서 노래방에서 그냥 멍때리고.

두 번째로 만났을 때는 그 애랑 그 언니랑 세 명이서 1차 마시고 2차 갔는데, 언니가 화장실 갔을 때 제가 걔한테 말해줬어요. 너 다른 남자랑 그렇게 하니까 질투가 났다, 이런 식으로 얘기하니까 걔가 까르르 웃는 거예요. 걔가 술 취하면 스킨십을 많이 하거든요. 1차 때 손

깍지 끼는데 쫄아서 뺐는데, 2차 때는 마음의 준비를 하고 간 거니까 꽉 잡았죠. 그랬더니 갑자기 멈칫하더라고요. [그 여자분도 참, 사람 마음을 가지고 그러면 안 되지.] 가지고 놀았어요, 절. 재밌으니까 가지고 놀았겠죠. [정말 기이하네요. 이게 어른의…] 어른 아니에요. 이상한 거예요 그냥. 결국 개랑은 그냥 친구로 남기로 했고, 언니는 띠꺼워서 제가 차단했어요.

Q. 근 한 달간 만났던 사람 중에서 가장 인상 깊었던 사람 있으신가요?

A. 관심 있던 친구가 두 번째고, 그 언니가 첫 번째라 생각하거든요. [인상 깊다, 여러모로.] 사람이 얼마나 추해지고 얼마나 질투 나면 그렇게 행동하는지. 그 사람이 DM을 보냈잖아요. 그 밤에 친구들한테 얘기했나 봐요. 자기 친구들 불러갖고 사이버불링을 하더라고요. [현실 일을 그렇게까지 끌고 들어가네.] 그런데 전 쫄아서 전화를 했어요, 쎘어서 미안하다고. [아니, 왜 그러세요.] 찐따라서. [마음이 여리신 분이네.] 주위 사람들한테 있던 일을 얘기하니까 다 그 사람이 이상하다고 하고. [당연하죠.] 나 혼자 이상하게 생각한 게 아니구나 하면서 좀 정리하고. 되게 인상 깊은 사람이었죠. 다른 질문.

Q. 이 질문이 원래 '그분과 만나서 뭘 하셨는지'인데요… 간단하게.

A. 아, 술 마셨어요. [네(웃음).]

Q. 요즘에는 기분이 어떠신가요?

A. 요즘은 휴학도 했으니까 이게 잘한 선택인가. [휴학은 왜 했다고 하셨죠?] 역시 금전적인 부담 때문인데, 잘한 선택인가? 부모님도 반대가 좀 있었거든요. 그냥 다닐 때 다녀라 이러셨는데 저는 좀 부담돼서. 요즘은 좀 아리까리한 상태로 있어요. [특별하게 큰 감정이 느껴지진 않으시고요?] 불안감은 있죠. [왜요?] 또 이런 일이 생길 것 같기도 하고. 아는 형 매장 면접 봤는데, 면접에 떨어지면 또 막 노동해야 하니까. 전에는 부담감과 불안감이 같이 있었는데 부담감은 없고 불안감만 있어요. [부담감은 왜 사라졌나요?] 학교에 대한 부담감이겠죠. [그런 게 없어요?] 바로 맞닥뜨리지 않고 반년 있다 맞닥뜨리니까.

Q. 본인의 최초의 기억이 있으신가요?

A. 아마 서너 살 땐가, 〈고질라〉라고 일본 괴수영화가 있거든요. 심형래가 그걸 표절한 작품이 있어요. 이름이 뭐였더라, 아 〈용가리〉다. 그때 용가리 장난감 들고 할머니 집에서 누워 있던 기억이 나요. 이불 덮고 누워 있는 게 아니라 그냥 심심해서 누워 있는 거. [그때를 떠올리

면 어떤 기분이 드세요?] 그냥 그땐 그랬구나, 별 기억은 없고. 그때부터 장난감을 좋아했었구나. [지금도 장난감 좋아하세요?] 지금은 안 좋아해요. 장난감에 대한 감정이 옷으로 넘어온 것 같아요. [아, 좋네요. 옷으로 덕질하는 건가요?] 어릴 때는 건담, 프라모델 같은 거 많이 좋아했는데 고1 때 관심이 끊어지고 옷으로 넘어왔어요. [피는 못 속인다더니 그렇게 되는구나.] 역량이 없잖아 있던 것 같아요.

Q. 귀찮은 것이 있나요?

A. 글쎄, 귀찮은 게 뭐라고 표현해야 하지… 일어나는 것? 계속 자고 싶은데 알람 때문에 끊고. [그 일은 일찍 가야 하잖아요.] 저는 오후 1시에 시작하는데 아침 7시나 6시쯤 일어나거든요. [왜요?] 운동하려고요. 그게 일종의 생활 루틴이 돼서 한 시간 정도 운동하고. [아침에 일어나서? 대단한데, 어떻게 그럴 수가 있지.] 하다 보니까 되더라고요. [운동은 왜 하시는 거예요? 건강?] 건강보단, 실전압축근육 만들려고. [그건 무슨 근육이에요?] 그니까 이소룡 같은 몸을 원해서 하는 거예요. 그냥 자기만족이죠. 근데 잘 안 되더라고요. [왜요? 시간이 부족한가?] 노가다 하니까 근육이 빠져요. 7시간 정도 왔다 갔다 하니까 칼로리 소모가 많아서 그런 것 같아요. 유산소 같은 거 하면 살이 빠지잖아요, 그런 식. 체질은 아니고, 갑자기 칼로리 소비

가 많아지니까. 몸의 연비가 안 좋아진 것 같아요.

Q. 본인의 인간성에 대해 떠오르는 게 있으신가요?

A. 찌질하다? 찌질한 것 같은데, 아닌가. [왜 그렇게 생각하시죠?] 갈팡질팡하는 것도 그렇고, 선택을 잘 못하는 것 같기도 하고, 괜히 저한테 나쁜 짓하는 사람이면 더 신경쓰는 것도 그렇고. [그건 그냥 심성이 고운 것 아닐까요.] 아뇨, 부족한 느낌이라고 할까. 뗄 걸 못 떼고 어떻게 하지 어떻게 하지 그러고. [그렇구나. 또 없으세요?] 글쎄요, 그래도 성실함. [부럽네요.] 그런가요? [그게 얼마나 중요한 능력인데요.] 글쎄요, 모르겠어요. 이 성실함이 갑자기 무너질 수도 있고.

Q. 사람들이랑 같이 있을 때랑 혼자 있을 때 중에
직관적으로 어떤 쪽이 더 기분 좋으세요?

A. 어떨 때는 혼자 있고 싶은데, 사람 심리가 혼자 있으면 사람들이랑 같이 있고 싶더라고요. 같이 있으면 또 분위기가 거북해서 혼자 있고 싶고. 왔다 갔다 하는 것 같아요, 기분에 따라. [딱 생각해봤을 때는?] 그래도 친한 사람들이랑 같이 있는 게 좋지 않을까.

Q. '요즘 사람들'이란 말이 있잖아요.

여기에선 어떤 분위기가 떠오르세요?

A. MZ세대라는(웃음)? 틱톡 같은 거 많이 하더라고요. 그런 것도 있고. 약간 사람들이 자기중심으로 돼가고 있다. 그게 좋은 거 같아요. 옛날에는 쓸데없는 정 때문에 친구들 돈 빌려주는 것도 많았는데. 그것보단 지금이 나은 것 같아요. 친척들한테 돈 빌려주는 것도 이해가 안 가고. 직계가족도 통수 칠지 모르는데, 아무튼 그런 거가 생각나요. 개인주의.

Q. 그렇다면 요즘 사람들은 요즘 사람들을 어떻게 생각할까요?

A. 아무 생각 없을 것 같은데요. 그냥 이렇게 사니까 이렇게 된 거. 숨 쉬는 것처럼, 숨 쉬는 거 의식하면 딱 느껴지는 그런 느낌. [저는 좋던데, 삶을 숨 쉬는 것처럼 살면. 생각 없이 사는 게 얼마나 행복한데.] 갑자기 숨 쉬는 거 의식하니까 힘들어졌어요. [하지 마세요(웃음).]

Q. 과정과 결과 중에 어떤 게 더 중요하다고 생각하세요?

A. 결국엔 결과가 중요하지 않겠어요? 어떻게 하든 결과만 좋으면 다 되는 거 아닌가. 과제하다가 느낀 건데, 결과 좋은 애들을 보면 기분이 별로더라고요. 과정을 좆같이 했는데도 점수를 잘 받고 하니까 그런 게 별로.

Q. 현재 역할에 만족하시나요?

A. 불만족해요. [왜요?] 많이 아래로 떨어져 있는 느낌이 들고, 남들보다 2년 정도 늦춰진 느낌이 들고, 가만히 있는 느낌이 들어서. [저희 과도 예대라서 그런지 모르겠는데 30대 초반도 많고 그래요. 14학번이 아직도 다니고 있고.] 그렇구나, 다행이다(웃음). 전 16학번. [1학년 수업 듣더라고요.] 1학년 수업, 저도 한 번 들었죠. 그때 놀랍더라고요. [왜요?] 2021년에 스무 살이면 02년생인가, 02년생이랑 얘기하는 것 자체가 좀 웃겼고. [왜 웃기죠? 전 00년생인데.] 진짜요? 그때 사람이 태어났구나, 딱 이런 느낌이라서. 그리고 저랑 같이 했던 애들은 액면가가 (저랑) 별 차이 안 나서. 초딩 때부터 담배 피웠던 얘길 하고. [그건 좀 예외 아닌가요?] 예외가 많더라고요. 생긴 건 삭았는데 속은 애새끼인 게.

Q. 열심히 한다는 것에 대해 어떻게 생각하세요?

A. 옛날엔 노력하면 된다, 열심히 하면 된다는 말을 많이 들었거든요. 요새는 그것보다 결과가 더 중요한 것 같아요. 노력을 해도 안 되는 게 있잖아요, 재능 같은 거. 그렇게 생각하면… 그래도 열심히 하면 좋겠죠. [노력도 재능이 아닌가?] 그렇다, 그건. 결과적으로 재능이 최고네요. 그래도 열심히 하면 좋다.

Q. 즐거움을 분류할 수 있나요?

A. 즐거움을 언제 느꼈지? 초딩 때였나. [네? 초딩 때까지 거슬러 올라가야 하는 건가요?] 아, 그건 좀 그렇죠? 게임 아이템 같은 것 사면 기분이 막 쿵닥쿵닥거리고 한 적이 많았거든요. 원하는 장난감 사면 쿵닥거리는 거랑. 그러다 점점 무뎌지고, 옷 같은 거 사면 내가 원하는 걸 얻었는데도 그런 감정은 안 느끼고. [아… 나돈데.] 결과물을 좋게 낸다고 해도 딱히 감정이 안 들고. [왜 그런 걸까요?] 저도 모르겠어요. 친구들이랑 있어도 한순간은 즐겁다고 느낄 수 있죠. 그 시간이 지나고 혼자 집 갈 때는 좀 허무하고. 즐거움이 뭘까, 즐거움이 뭐지? 무뎌지는 것 같아요. 익숙해지고.

Q. 어쩔 수 없는 걸까. 전 정말 싫거든요, 그렇게 되는 게. 그런데 그렇게 되어가고 있어요.

A. 나만 느끼는 게 아닐 거예요, 사람들 다 그러지 않을까. [그런가, 그럼 사는 의미가 없는데, 즐거움을 안 느끼면.] 그래서 다른 걸 하잖아요, 마약을 한다거나(웃음). 즐거움이 뭘까, 즐거움이 뭘까. 근데 즐거움보다 제가 최근에 느낀 게 있는데, 심적으로 고통받을 때가 뭔가 기분이 좆 같지만, 좀 좋더라고요. 자극이 되고, 살아 있는 느낌이 들고. [그러네요. 최근에 저도 정말 고통스러운 일이 있었는데] 블

로그 봤어요. [네, 아무것도 없을 때보다는 그래도 결과적으로는, 즐겁다는 표현은 쓰면 안 되겠지, 뭐랄까, 정신적으로 더 낫다? 공허함보다는.] 살아 있는 것 같고. 결국에는 고통이 살아 있는 느낌이라 나쁘지 않았다.

Q. 인생을 한 가지 혹은 몇 가지 기점으로 나눌 수 있으세요?

A. 솔직히 말하면 어렸을 때 그래도 집안이 괜찮다고 생각했거든요. 사립초도 다니고. 딱 세 가지로 나뉘는 것 같아요. 초딩 때, 중고딩 때, 스무 살 이후. 초딩 때는 그

래도 집도 좋고 했는데 (부모님이) 이혼하게 되니까. 엄마가 많이 힘들어하셨죠. 아빠 똥처리하는 거, 사고 내는 거. 친할머니가 돌아간 이후부터 사람이 바뀌었다고 해야 하나, 엄마가 아빠 케어를 하다 결국에는 이혼하게 됐어요. 초4 땐가, 그때부터 방황을 했죠. 저는 아빠 때문에 좋은 추억이 많았는데. 뚝섬에서 자랐거든요. 요즘 괴로운 일이 있거나 힘든 일이 있으면 뚝섬에 가요. 왜 그럴까 생각해보니 회상인가? 아무튼 썩 좋은 추억이었는데 가끔씩 생각나는. 중고딩 때는 생각 없이 지냈어요. 공부 안 하고 게임만 하고, 그러다가 고3 때 갑자기 부모님이 어떤 문제에 휘말렸는데 아직도 해결하지 못하고, 저도 정확히 모르겠어요. 돈 문제 같아요. 초딩 때는 가족 이혼, 중고딩 때는 아무 생각 없고, 스무 살 이후부터는 돈 문제가 아직 이어진, 딱 세 가지로 분류돼요. [돈이 문제군요.] 돈이 문제죠.

Q. 누구 닮았다는 얘기를 들으면 기분 어떠세요?

A. 연예인 닮았다는 얘기 들으면 기분 좋죠. [누구 닮았단 얘기 들으셨어요?] 저요? 쌈디 닮았다고 들었어요. 옛날엔 쌈디고, 요즘은 개 닮았다고 해요, 백구. [강아지?] 네. 눈이 닮았대요. [그렇군요. 어떠세요?] 개같이 생겼구나. [(웃음)끝? 특별한 감흥은 안 드시고요?] 나는 이렇게 생긴 걸 원

하지 않았는데 개처럼 생겼다. 아무튼 그렇다, 아무 감
정 없고, 대충 생겼다는 것만 알고 있다는 정도.

Q. 누군가를 닮았다면 외모에 대한 평가라고 얘기하기도 하잖아요.

   그건 어떻게 생각하세요?

A. 그런데 사람은 첫인상이 얼굴이잖아요. 상대방을 만
났을 때 속마음은 두 번째고, 첫 번째는 외면을 먼저 보
는 것 같아요. 보이니까. 저도 사람 외면이 마음에 드니
까 먼저 말한 적도 있는데. 애초에 내면은 그 사람을 많
이 만나면서 알아가는 건데, 첫인상은 겉모습이 일단 1
순위인 것 같아요. 아는 형들은 그냥 마음 좋은 사람 만
나라 하는데, 좋은 사람이 어딨는지도 모르겠고.

Q. 좋습니다. 그럼 어떤 행동을 할 때 가장 자연스러우세요?

A. 어떤 행동이라… 그냥 일을 할 때나 밥 먹을 때나, 사
람답게 움직일 때. [거의 그럼 모든 행동이네요?] 그렇죠. [그
건 좋은 듯.]

Q. 트위터를 시작하게 된 계기가?

A. 원래는 트위터나 인스타 같은 것도 눈팅으로만 했거
든요. 그러다 블로그에 내 얘기를 가끔씩 올리니까 해방
감이라 해야 하나, 모든 감정을 풀어낸 느낌이 드니까

그림없는 상상은 느린되니까지 편향

그림없는 상상은 느린되니까지 편향

그때부터 좀 바뀐 것 같아요. 2018년부터 컨셉 잡으면서 많이 올렸던 것 같아요. 원래는 카카오스토리를 먼저 했어요. 인스타는 뭔가 멋쟁이들만 하는 것 같아서. 그러다 다 트위터로 넘어가는 거예요. 그거 보고 나도 해볼까 해서 컨셉 잡고. 하다 보니까 트친소 같은 거 많이 하잖아요, 관심받으려고. 그렇게 결국 정착하게 된 거죠. 요즘은 트친소 같은 거 못 하겠어요. 오그라들어서. 나이 먹고 이런 걸 왜 하나 현타가 와가지고.

Q. 이제 인터뷰가 끝났는데요, 기분이 어떠세요?

A. 모르겠어요. 그냥 아는 친구 만나서 얘기하는 느낌이라고 해야 하나요? 하소연한 거죠. 제 얘기 들어준 거잖아요, 그런 느낌. 좋은 시간을 보냈죠.

더
높은 데
올라가고
싶어

정상 비정상 나누는 사람 싫어.
또 남이 노력하는 과정을
잣대로 판단하려고 하는 사람.
너 왜 그런 방향으로 해.
이 방향으로 하면 좋을 텐데.
이런 말도 불편하고.
이런 방향이 옳은 거야라고 말하는 것도 싫어.

2020년 12월

Q. 본인 소개를 해주세요.

A. 안녕하세요. 저는 서울에서 대학 다니고 있습니다. 시각디자인과 재학 중이고 영상 쪽으로 활동하려고 열심히 준비하고 있습니다.

Q. 요즘에는 기분이 어떠세요?

A. 요즘 그냥 약간 흘러가듯이 살고 있어요. 뭔가 무덤덤해요, 기분이. [이유가 있어, 특별하게?] 1년 동안 되게 많은 사람을 만나고 많은 활동을 하다 보니까 애인관계든 친구든 아니면 가족이든 그냥 사람에 대해 기대하는 게 없어졌어. [너의 기분을 좌우하는 게 사람관계였는데 그런 게 다] 응, 그런 거였는데 이제 그런 거에 대한 기대가 없어졌어. [그러니까 초에는 왕성한 편이었는데] 이젠 많이 없어.

Q. 근 한 달 동안 주로 무엇을 하셨고,
그 행동이나 활동으로 어떤 감정을 느끼셨나요?

A. 한 달 동안 동아리 회장으로서도 일하고, 소모임 전시도 하고, 홍대 와우 영상제의 도우미로서 리허설 참여도 하고 영상도 촬영하고, 그다음에 과제랑 교양 같은 거, 그다음에 학점도 떴고. 다양한 활동을 하고 있는데 이제 알바도 그만두고 점차 주변 정리하는, 이게 질문이 아닌 것 같은데? [아니야. 그냥 아무렇게나 설명해. 네가 생각하

146

는 거.] 종강하고 나서 이제는 좀 더 나한테 집중하려고. 그동안 나한테 집중하는 것에 방해됐던 것들을 조금씩 정리하고 있어. [너를 향한 활동이라면 뭐가 있어?] 내가 하고 싶은 작품활동이나 아니면 지금 내 상태를 조금 정리하기 위한 거. [그런 행동으로 인해서 유발된 감정이 있을까?] 그 것이 방금 말했던 무덤덤. 약간 정리되면서 더이상 뭔가 쓸데없는 것과 마찰할 일이 없어졌고, 나를 불편하게 했던 것들을 만날 일도 없어지다 보니까 그냥 내가 좋아하는 사람, 내가 좋아하는 것들만 보고 만나고 그렇게 살고 있어요.

Q. 근 한 달 동안 조우했던 사람들 중에서

가장 인상 깊었던 사람을 꼽아보고,

그와 어떤 활동을 했는지 얘기할 수 있나요?

A. 이걸 얘기해도 되나? 공개된 장소에 올려도 되는 내용인지 고민하고 있어. [네 자유죠.] 가장 인상 깊었던 사람… 이 질문 나중에 없애도 돼. 조금 곤란한 내용일 수도 있어. [왜? 그런 거 없어.] 원나잇을 목적으로 만난 사람이 있었어. 그 사람이랑 섹스를 하기 전이랑 한 후에 되게 많은 얘기를 나눴는데, 그냥 정말 제삼자의 이야기를 듣는 게 새롭기도 했고, 그 사람이 몸이 불편한 사람이었단 말이야. 왜 그렇게 되었는지 그 불편함에도 불구하

고 어떻게 살아가고 있는지, 그리고 그거를 바라보는 사람들의 시선에 어떻게 반응하고 있는지를 듣는 게 신기했고. 물론 그 이후에 더이상 조우도 없었고 교류도 없었고 연락을 끊었지만, 그 사람이 계속 기억에 남아 있어.

Q. 본인의 최초의 기억이라고 하면 어떤 것이 있을까요?

A. 최초의 기억이라고 하면 그게 기억나. 내가 엄마가 요리하는 거를, 가마솥 같은 걸 갖고 요리하는 걸 지켜보고 있었어. [몇 살이었지는 기억 안 나고?] 일곱 살이었을 거야. 엄마가 솥뚜껑을 들어서 옆에 치웠는데, 그게 떼굴떼굴 굴러서 내 발에 뚝 하고 떨어진 거야. 그게 내 엄지발가락을 찧으면서 발가락이 깨졌고, 피가 났어. 나는 그때 어리고 놀랐으니까 막 비명 지르면서 울었는데 엄마가 너무 당황하시면서 119 부를 생각을 못하고 그냥 나를 업은 채로 병원으로 뛰어가셨어. 그게 기억이 나. 그때 엄마 등에 업혔던 거랑 병원에 가서 치료받았던 거랑 처음으로 깁스했던 기억이 나. [오, (인터뷰하면서) 처음으로 찰나의 장면이 아니라 하나의 사건이 떠오르는.]

Q. 현재를 기준으로 가장 의미 있었던 사건을 꼽자면?

A. 중3 때 처음으로 세 살 연상이었던 언니랑 연애한 거. 그 언니랑 거의 고2 때까지 연애를 했는데, 그 언니가 정말 별로였고 정말 쓰레기였지만(웃음) 그 언니 덕분에 내가 레즈비언이라는 걸 깨달았고, 그다음에 교회에서 배우는 내용의 약간 부조리함? 좀 이치에 맞지 않는 그런 것에 대해서 깨달았고, 내가 좀 더 본격적으로 인권에 관심을 가지기 시작하게 된 시기였기도 해.

Q. 좋아요. 현재 역할에는 만족해?

A. 아니. 난 더 높은 데 올라가고 싶어. [더 높은 데? 어디?] 더 인정받고 싶고, 기사로 치면 메인기사를 띄우는 사람처럼 내가 하고 싶은 분야에서 인정받는 사람이 되고 싶어. [네이버에 치면 나오는?] 응응, 나오고 막. [그렇다고 딱히 지금 불만족하거나 그런 느낌은 아니죠?] 그런 건 아니죠.

Q. 본인의 인간성에 대해 떠오르는 게 있어?
인간성의 정의는 인간의 본성이라고 합니다.

A. 내가 버스를 타고 오면서 생각했는데, 나는 되게 성취지향적인 인간인 것 같아. 발전하길 바라고, 발전하길 바라는 만큼 발전하는 사람. [긍정적이네. 그거 말고는 딱히 정의할 만한 것이?] 그런 거 말고는 어… 성취지향적이

었던 만큼 인간관계에서도 뭔가 눈에 보이는 결과물을 만들어내고 싶어 했는데 그게 뜻대로 안 되면 되게 불안해했어요. [떠오르는 대로 다 말해도 돼.] 그리고 은근히 자존심을 쓸데없는 데다 부려가지고 다른 사람한테 내 얘기를 별로 안 하려고 하고. 그니까 가벼운 일상 얘기는 많이 하지만 그 일상에서 뭔 생각을 했고 어떤 사람인지에 대해서는 밝히려고 하지 않는 것 같아. 정말정말 친한 친구 아니면 내가 믿을 만한 사람 외에는 정말 얘기하지 않으려고 하는 것 같아.

Q. 색깔이 정말 분명하게 나누어지는구나.

아까 성취지향적이라고 했잖아.

그러면 과정과 결과 중에서 결과를 더 중요시하겠네?

A. 아니야. 나는 과정을 더 중요시해. 과정에 내가 얼마나 노력했냐에 따라서 결과가 다르게 나오더라고. 내가 그 과정에서 결과를 만들어내기 위해서 얼마나 많은 사람에게 컨택을 했고 조언을 구했고, 어떻게 나 혼자 자료조사를 했고 아니면 어떻게 나 혼자 고민했고, 이런 걸 되게 중요시하는 것 같아. 그래서 과정이 마음에 안 들면 결과도 마음에 안 들더라고.

Q. 그러면 과정에서 다 놀고 아무것도 안 했어.

근데 운이 좋아서 됐어, 뭔가 성취를 이뤘어. 그런 상황은 어때?

A. 놀고 그런 적이 없는데. 만약에 그렇다면, 자랑을 하겠지. 근데 쪽팔려서 과정을 어떻게 했는지는 얘기 안할 것 같아.

Q. 열심히 한다는 것에 대해서 어떻게 생각해?

그냥 그 문장에 대해 떠오르는 느낌을 말해도 되고,

그 상황을 너에게 대입해도 되고.

A. 너무너무 긍정적인 태도지만, 자칫 잘못하면 오히려 슬럼프에 빠질 수도 있게 만드는 거? [왜? 사례 같은 게 있어?] 2학기 중간 때 정말 슬럼프가 심하게 왔었거든. 정신적으로 너무 불안정했는데. 1학기 때 이런 것도 해보고 싶고 저런 것도 해보고 싶고 해서 정말 이것저것 많이 시작했고 참여도 했었는데, 그게 2학기 때 너무 많은 양의 할 일로 몰아치면서 내가 너무 힘들어했단 말이야. 공황도 한 번 왔었고 밤에 잠도 제대로 못 잘 정도로 정말 바빴는데, 그때 열심히 사는 것도 좋지만 이렇게 힘들 바에야 그냥 다 내려놓고 다른 애들처럼 편하게 사는게 낫지 않을까라고 생각했어. 물론 나중에 2학기 기말에 좋은 결과로 다 나오긴 했지만 중간 때는 정말 힘들었던 것 같아.

Q. 가고 싶은 회사 있어? 그런 건 아직 생각할 때 아닌가?

A. 가고 싶다기보단 들어가고 싶은 회사는 있어. 가고 싶다는 거는 완전 거기에 몸담고 싶은 거고, 내가 들어가고 싶다. [아, 입사하고 싶다고? 어딘데?] 비공식적으로 들어오라는 제의를 받긴 했는데, 우리 선배들이 스타트업 다큐멘터리 회사를 차리셨어. 사장님 외부업체들이랑 연락해서 영상 다큐를 찍기도 하고 개인작업 하는 걸 지원받기도 했는데, 그 회사의 일을 몇 번 도와드리다 보니까 거기에 인턴으로 들어간 선배가 나를 추천하겠다고 하더라고. [오, 넌 1학년인데?] 그래서 들어가고 싶은데 아직 내가 포트폴리오로 제출할 만큼 뛰어난 작업이 없으니까 그거에 욕심 나서 카메라를 산 거기도 하고. [만들어야겠네.] 가서 좀 더 본격적으로 활동을 하고 싶어, 외부 사람들이랑. 학교 내에서만 하는 게 아니라. [그건 지금도 할 수 있잖아.] 내가 말하는 건 아예 돈을 받고 외주 식으로. [돈을 받고~ 정말 알찹니다. 너네 학교 예술학과에서 무슨 프로젝트를 한다는 거야. 학부생들끼리 디지털과 인간의 관계를 주제로 전시를 하는데.] 재밌겠다. 나 왜 몰랐지? 학교에서 지금 하고 있는 것에 대해서 아무 관심이 없어. 약간 나한테 빠져 있다 보니까.

Q. 본인에게 귀찮은 것이 있어?

A. 요즘은 연락이 귀찮아. [누구랑?] 그냥 전부 다. 연락이 귀찮아. [이유가 있을까?] 아까랑 똑같아. 그러니까 요즘은 누가 나한테 지금 어떻게 살고 있고 어떤 생각을 하고 있는지 묻는 게 너무 싫어졌어. 굳이 말할 필요를, 그러니까 (인터뷰처럼) 내가 원해서 먼저 하고 싶다고 얘기하는 거 말고, 딱히 얘기하고 싶지 않은 상황에서 계속 얘기해달라고 하는 게 너무 불편해. [그런 사람이 있어?] 내 동기들도 그랬고 내가 지금 연락하는 애도 그렇고, 자꾸 나한테 왜 너는 너에 대해서 얘기를 안 하냐고 하는데, 나는 원래 어떤 사람한테 마음을 여는 데 1년 넘게 걸리거든. 나는 ○○이랑 ○○ 같은 애들도 진짜 얘네 내 친구라고 인정하는 데 2년 3년이 걸렸고, 중학교 2학년 때부터 알았는데 지금에 와서야 마음을 연 친구도 있고. 근데 만난 지 1년도 안 된 애들이 우리 이만큼이나 너한테 기대를 하는데 너는 왜 우리 기대를 충족 안 시켜줘 이런 식으로 말한다면 나는 정말 불편하거든. [또 다른 귀찮은 건 없어?] 씻는 거 귀찮아. 완전 심각해. 진짜 너무 귀찮아. 나가는 것도 귀찮아. 약속이 있어서 나가는 거 말고 뭘 사야 해서 나간다든가 먹기 위해서 나간다든가 그런 게 귀찮아. [귀찮지. 그런 것 외에는] 없는 것 같아요.

Q. 싫은 사람은?

A. 있어요. [말해본다면?] 2학기 때구나, 내가 정말 불안정할 때 같이 작업한 친구가 있었는데, 그 작업에서 거의 무임승차를 했고, 자기 바쁜 핑계를 대면서 계속 빠지려고 그랬고, 내가 부탁한 파트도 제대로 수행을 안 해서 내가 결국 밤새면서 걔 파트까지 편집했어야 했어. 근데 그거에 대해서 미안하다는 말은 별로 없었고 그냥 너무 바빴다 이러면서 변명만 했고. 평소에 뒷담을 되게 많이 하는 친구였는데, 나한테도 다른 친구들 뒷담을 많이 했는데 다른 친구들한테도 내 뒷담을 되게 많이 했더라고. [진짜?] 그런 것도 얘기했던 것 같아. 왜 굳이 자기가 퀴어인 걸 밝히면서 방만하게 살려고 하는 건지 모르겠다, 이런 식으로 얘기를 했더라고. 근데 평소에는 나한테 네 작업 취향이랑 내 취향이랑 너무 잘 맞는다, 너 너무 나랑 잘 맞는다 이런 식으로 얘기하던 애가 그런 식으로 말했다고 하니까 정이 떨어지더라고. 그리고 영상을 하기 위해서 나랑 같이 소모임에 들었으면서 자기짝 선배, 우리로 따지면 직속 선배를 엄청 좋아했는데, 자기는 영상에 딱히 관심 없고 사실 사진이 더 좋은데 그 언니 한 명 때문에 여기 남아 있는 거다, 나는 영상 싫다 이런 식으로 얘기를 했거든. [그걸 왜 얘기해.] 그러면서 계속 영상 남아 있으면서 남한테 피해만 끼치고 있다

는 게 너무 화가 났었어. 그래서 좀 극단적이지만 그때 한창 개에 대한 증오에 가까운 싫은 감정이 심했을 때는 차라리 내 눈앞에서 꺼졌으면 좋겠다, 지 혼자 번아웃 와서 좀 죽든가 했으면 좋겠다, 이런 생각까지 했었어. 그리고 친구들한테 자기 이번 방학 때 영상 작업 하나 하는 거 있다고 입을 터는 거 볼 때마다, 영상에 관심도 없던 애가 사람들한테 나 이런 작업하고 있어라는 말을 하려고 작업하는 것처럼 느껴져서 너무 마음에 안 들었어. 그냥 한번 싫어지니까 다 싫어지는 것 같아.

Q. 지금 특정 인물에 대해 얘기한 거잖아.

유형 쪽으로 생각해서 설명을 해본다면?

A. 유형을 생각한다면 꼰대 같은 사람, 생각 없이 말하는 사람이 싫어. 그리고 정상 비정상 나누는 사람을 싫어하는 것 같아. 또 남이 노력하는 과정을 잣대로 판단하려고 하는 사람. 너 왜 그런 방향으로 해, 이 방향으로 하면 좋을 텐데, 이런 말도 불편하고. 이런 방향이 옳은 거야라고 말하는 것도 싫어. [굉장히 구체적으로 얘기해서 좋네.] 감사합니다.

Q. 사람들이랑 같이 있을 때가 있고 혼자 있을 때가 있잖아.

두 가지 상황 중에서 직관적으로 생각했을 때 어떤 게 좋아?

A. 같이 있는 거. [특별한 이유가 있을까?] 같이 있으면서 얘기하는 게 좋아. 혼자 있을 때는 나 혼자 생각하면 좀 우울해질 때가 많단 말이야. 지금 내 상황에 대해 얘기하면서 너는 그렇구나, 나는 그럴 때 이래, 나는 지금 이런 상태고 나는 이런 작업을 하고, 이런 식으로 각자 얘기하는 게 좋은 것 같아. [사람들과 같이 있으면 기 빨린다는 사람들도 있잖아. 그런 느낌은 별로 안 들고?] 그런 느낌은, 약간 내가 체력적으로 지쳤을 때 그만하고 싶다고 생각할 때가 있어. 그럴 때 빼면 대체로. 근데 그것도 약간 제한이 있어야 돼. 내가 편한 사람이랑 같이 있어야 돼.

Q. 그러면 혼자 있는 것에 대해서는 어떻게 생각해?

혼자서 밥도 먹고 놀기도 하고 잠도 자고 이렇게 해야 해.

그런 상황 자체에 대해서 어떻게 생각해?

A. 그것도 나쁘지는 않지. 지금 룸메가 없어서 나 혼자 살고 있거든. 근데 오히려 편하게 그냥 밤에 통화하고 싶을 때 통화할 수 있고, 작업에 대해 혼자 고민하고 싶을 때 고민할 수 있고. 룸메한테 내 사생활을 공개한다는 눈치를 보지 않고 좀 더 내 삶을 살 수 있는 것 같아서 되게 좋아. [근데 그게 지속된다…]면 좀 외롭겠지. 응.

Q. 너가 누구를 닮았다고 하면 기분이 어때?

A. 어떤 사람이냐에 따라 다른데, 만약 개빻음의 정석 같은 인간을 닮았다고 하면 기분 나쁘겠지. 그런 거 말고 다른 사람 닮았다고 하면 '어 그렇게 보이는구나, 신기해.' [근데 아무리 예쁜 연예인을 닮았다고 해도 평가의 의도가 섞여 있는 것 같아서 기분 나쁘다고 하는 사람들도 있잖아. 그런 건 어때? 동의하는 부분이 있어?] 나는 연예인 닮았다는 얘기는 들어본 적이 없는데(웃음), 근데 만약에 그 사람이 나한테 그런 말을 한다면? 그럼 난 조심하겠지. [누군가 나를 평가하지 말아줬으면 좋겠다고 말하면 조심하겠다?] 응, 조심하겠다. 내가 그렇게 생각한 적은 없어, 아직까지.

Q. 너의 인생을 기점으로 나눌 수 있어?

A. 어, 있어. 중3 때하고 고3 때하고 스무 살 중반. 중3 때는 연애, 고3 때는 내가 원래 퀴어 인권에 대해서는 관심이 있었는데 고3 때부터 여성 인권에 대해서 조금씩 배우기 시작했고, 그다음에 스무 살 중반 때는 내가 전 애인이랑 헤어지고 약간 정병적으로 힘들어하면서, 그때부터 나에 대한 고민을 시작했어. [세 가지 다 너의 내면에 대한 얘기네. 평소에 생각을 많이 해?] 요즘 많이 해. 원래는 잘 안 하는데 요즘 많이 하는 것 같아. [난 너만큼 생각 많이 하는 사람 본 적이 없는데.] 그래?

Q. 본인이 무엇을 할 때 가장 자연스러워?

A. 자연스러운 거? 방에 혼자 앉아서 내가 좋아하는 걸 스크랩한다든가 아니면 카메라를 배운다든가 이런 거 할 때 자연스러운 거 같아. [근데 아까 사람들이랑 같이 있는 게 더 좋다고 얘기했는데, 그건 자연스러움이랑 다른 문제인가?] 응. 왜냐면 사람들을 만나면 나는 그런 생각을 해. 내가 졸라 힘들 때가 있을 거 아냐, 정말 죽고 싶다 이런 생각 할 정도로 힘들 때가 있을 텐데. 고3 때도 그랬는데, 나는 엄청 힘들 때는 오히려 애들한테 얘기를 못했거든. 왜냐면 애네들도 바쁘고 힘들 텐데 내가 짐을 주는 게 아닌가, 나는 애네한테 불편한 사람이 되기 싫은데 내가 힘든 걸 너무 깊은 데까지 얘기해서 애가 나를 불편해하면 어떡하지 하는 것 때문에 항상 애들한테 얘기할 때 적당히 여기까지만 얘기하고 만단 말이야. 그래서 애들하고 있을 때 편하고 좋지만 자연스럽지 못한 것 같아. 나 스스로 여기까지만 얘기하자 이렇게 하니까.

Q. 좋아요. 아주 명쾌합니다. 다음으로,
일상에서 혼자 거리를 걷잖아.
그 장면을 생각했을 때 어떤 생각이나 기분, 감정이 들어?

A. 나는 걸을 때 음악 들으면서 걷거든. 그래서 주변 소리가 잘 안 들린단 말이야. 그걸 듣고 걸으면 설레. 진짜

콘서트장에 온 것 같기도 하고, 딱 내가 보이는 길하고 음악만 있으니까, 막 신나서 걸어가. [그런데 혼자서 거리를 걷는다, 이런 이미지 자체가 좀 외롭기도 하고 그러잖아. 그런 느낌은 아니고?] 그렇지 않아요. 물론 외로울 때도 있지만.

Q. 요즘 사람들에 대해서 어떻게 생각해?

'요즘 사람들' 하면 어떤 분위기와 느낌이 떠올라?

A. 과도한 힙 추구(웃음). [이유가 있을까?] 뭔가 인스타 같은 SNS 보면 옛날부터 생각해왔던 건데, 행복한 순간만 올리잖아. 물론 비계 같은 데는 다들 우울한 글을 올리지만, 굳이 SNS를 공계랑 비계로 나누는 이유가 뭐겠어. 보여주고 싶은 이미지랑 내가 친한 사람들한테만 보여줄 수 있는 이미지가 다른 거잖아. 보여주고 싶은 이미지가 이렇게 행복하고 이렇게 멋있고 이렇게 잘 사는데, 비계에서는 존나 우울하고 진짜 바닥까지 치고 이러니까, 지나치게 보여지는 거에 집착하는 힙 추구, 그런 의미에서 힙 추구였어. [그렇군. 그런데 내 질문이 그냥 사람들이 아니라 '요즘 사람들'이잖아. 그러면 과거에는 사람들의 이런 면이 덜했다고 생각하는?] 아니야. 덜했다기보다는 그게 (요즘) 좀 더 가시적으로 보이는 것 같아. SNS라는 플랫폼이 생기면서 더 보이는 거지.

Q. 그러면 요즘 사람들은 요즘 사람들을 어떻게 생각할까?

A. 비슷하게 생각하지 않을까? 그리고 나이 드신 분들은 요즘 우리가 사는 거 보면서 '우리 땐 안 그랬는데' 이럴 때가 있잖아. 요즘 사람들의 연령대가 다른 것 같은데, 20~30대 같은 사람들은 뭔가 배우려고 하고, 뭔가 운동권 같은 데도 관심이 많고. 그런 사람들이 주로 있는 반면 5670 기성세대 특히 남자분들 같은 경우, 그런 흐름을 따라가지 못하는 분들은 '저렇게까지 해야 되나' 싶은 반응을 하는 사람이 많은 것 같아.

Q. 가족이 보고 싶어?

A. 아니? [이유를 물어볼 수 있을까?] 안 보는 게 편해. 있으면, 자주 붙어 있으면 내가 힘들어. 가족이랑 사는 게 안 맞아서. 가끔 이렇게 반년에 한 번 찾아가는 건 괜찮은 것 같아. [편한 느낌이 아냐?] 응.

Q. 이건 좀 가벼운 질문인데, 인스타그램을 시작한 계기가 뭐야?

A. 애들이 하라고 독촉해서(웃음). 매번 하라고 하라고, 태그할 일이 있을 때마다 (내가) 없으니까 짜증난다고 맨날 뭐라 그래서 그냥 시작했어요.

Q. 거의 마지막 질문이야. 즐거움을 분류할 수 있어?

A. 응. [어떻게?] 뻔한 대답이긴 한데, 정신적으로 내가 즐거운 거랑 육체적으로 즐거운 거. 정신적인 즐거움은 내가 좋아하는 걸 하면서 생기는 약간 호르몬적인 즐거움이고, 육체적인 즐거움은 맛있는 걸 먹는다든가 아니면 따뜻한 물에 몸을 담근다든가 아니면 섹스를 한다든가 이런 식으로 나뉘는 것 같아. [그 두 개 중에서 어떤 게 더 낫다고 생각해?] 스트레스 해소에는 육체적인 즐거움이 훨씬 크지. 근데 장기적으로 본다면 정신적인 게 더 좋은 것 같아. [절대적으로 우열을 가릴 수 있다고 생각해?] 아냐, 난 없다고 생각해.

Q. 인터뷰가 끝이 났단다. 기분이 어떠신가요?

A. 묘하네요. [왜요?] 어떻게 말했는지 기억이 안 나요. 나중에 다시 읽어보면서 생각을 정리해야지. [힘들지 않았어?] 응. [와, 진짜 되게 많은 이야기를 했는데 진짜 빨리 끝났다.]

의미 없는

그 시간이

지금의

나를

만드는 데

기여했거든

어디에 소속되고 싶지만
동시에 벗어나고 싶은 느낌.
뭔가 벗어나고 싶지만
끝까지 안정을 놓고 싶지 않은 거지.
나의 홈그라운드가 있는 상태에서,
나의 안전빵이 있는 상태에서
도전을 하고 싶은 거지.

2020년 12월

Q. 본인 소개를 해주세요.

A. 저는 최○○입니다. [끝인가요?] 어, 네.

Q. 요즘엔 기분이 어때요?

A. 기분이라는 걸 설명하기 되게 어려운 것 같고, 그냥 요즘 많이 하는 생각이 기분을 대변한다고 생각하는데, 그냥 자퇴하고 싶고 다 죽여버리고 싶고 나도 죽고 싶다, 약간 이런 파괴적인 생각을 많이 하는 편이지. [왜 자퇴하고 싶어요?] 예를 들어 어떤 사람이 어떤 행동을 하는데 아, 저렇게 속이 빤히 보이는 행동을 하냐, 약간 이런 느낌? 그런 게 너무 지겨운 것 같아요. 근데 우리 학교 애들의 그런 면들을 보고 많이 실망한 것도 있고 질리고 피곤한 것도 있지. 내가 되게 오만하게 생각하는 것일 수도 있는데, 애들이 겉으로 웃으면서 누가 작업을 잘하면 가서 '너 잘했다' 이러는 게 내가 볼 때는 그 뉘앙스나 표정 같은 게 '이 새끼 이렇게 안 봤는데 좀 하네?' 약간 이런 느낌. 서로를 의식하는 그런 분위기에 질려서. [그럼 어땠으면 좋겠어?] 그냥 서로 신경 안 썼으면 좋겠어. 그냥 자기 거 잘하고. 어차피 잘하는 애들이니까 별로 신경 안 썼으면 좋겠는데. '저거 비슷한 거 어디서 봤다' 이런 식으로 그러는 거야. 봤으면 어떻고 개가 참고에서 했으면 어떻냐. 1년 다니고 나니까 그런 게 너무 질리고

애들이 그럴 때마다 죽어버리고 싶다, 이런 생각이 나도
모르게 드는 거 같아.

Q. 집에서는 대체로 무슨 활동을 하는데?

A. 집에서는 자고, 먹고, 넷플릭스 보다가, 그리고 작업
해야지 하는데. 학교 과제는 그냥 교수님이 시킨 거니까
작업이라고 생각 안 하거든. 내가 하고 싶어서 하는 건
지금 콜라주 작업 같은 걸 하고 있고, 하나는 사진집 만
드는 걸 하고 있어.

콜라주 만드는 거는 말하자면 좀 긴데, 여러 종교에
서 메시아의 존재를 믿잖아. 그 존재가 항상 인간 모습
이었잖아. 예수님도 그렇고 석가모니도 그렇고 하느님
이나 절대신의 존재도 인간의 모습으로 표현되어 있는
데, 나는 인간과 신을 결정짓는 게 인간이 하는 일과 신
이 하는 일에 차이가 있어서라고 생각했거든. 그 일을
하는 거는 결국에는 손이라고 생각을 했어. 우리 인간들
은 손으로 기껏해야 빵이나 먹고 풀이나 뜯고 그러지만
신은 뭔가 더 좋은 일을 하기 때문에 신이라 불리는 게
아닐까? 그러면 메시아를 얼굴로 표현할 게 아니라 손
으로 표현해야 하는 게 아닌가 이런 생각으로 손을 모아
서. 옛날에는 종교화 같은 게 많잖아. (명화를 통해) 인류
의 역사 속에서 손이 했던 일들을 모아서 그걸로 새로운

신의 모습을 만들어보는 그런 작업을 그냥 기획하고 있
긴 한데.

사진은, 현실을 이렇게 렌즈를 통해 왜곡시켜서 보는
건데, 그에 따라서 내가 컵을 찍었는데 컵이 아니라 진
짜 네모처럼 보이는 경우, 혹은 조명을 찍었는데 조명이
아니라 그냥 빛나는 동그라미처럼 보이는 사진들이 나
오더라고. 학기 중에 읽은 책 중에 빈곤한 이미지에 대
한 얘기가 있었는데, 인터넷 썸네일이나 무단 복제 같은
걸 거치면서 점점 화질이 떨어지고, 그런 변형된 이미지
를 빈곤한 이미지라고 불러. 그 이미지들이 무시받거나
가치 없다고 판단되어 왔는데, 그 저자는 이게 그렇게
취급받아서는 안 된다, 오히려 주류가 되고 있다, 계속
복제되면서 빈곤한 이미지들이 너무 많아지다 보니까.
결국 어떤 이미지가 인터넷을 통해서 왜곡된 거잖아. 그
거를 카메라상으로도 뭐라 해야 하지, 환유적으로 봤을
때도 비슷한 맥락이겠지? 그것에 대해 엮은 책을 쓰고
있어. 내가 찍은 사진을 모아서 그걸 책을 넘겨보는 형
식으로 묶는데, 아직 확실하게는 안 정했어.

내가 하는 작업들이 전반적으로 디자인과에서 배우
는 내용들은 아니란 말이야. 그래서 디자인과에서 하는
작업들은 내 작업이라고 느껴지지 않아. 그냥 뭔가 교수
님이라는 클라이언트가 있고 그분이 내주시는 걸 수용

하는 능력을, 기술을 배우는 곳이고 개인적으로 하는 작업은 그런 거야. 이게 어떤 식으로 될지 모르겠어. [어쨌든 이런 게 다 도움이 되지 않을까? 디자인에도?] 나도 잘 모르지만 나는 그렇게 생각하거든. 어차피 나 1학년이잖아. 이제 시작한 거여서 이것저것 하고 싶은 걸 해보는 게 중요하다고 생각하는데, 내가 학교 애들이랑 별로 안 노는 이유도 온리 디자인에 열중하는 친구들이 많아서 약간 나랑 성향이 안 맞지. 나는 이것저것 해보는 느낌이니까.

Q. 본인의 인간성에 대해서 떠오르는 걸 말해봅시다.

A. 나의 인간 본성은… 생각할 시간을 줘. [다들 그랬단다.] 이게 본성인지 모르겠는데, 그냥 나에 대해 생각을 해봤을 때 나쁘지 않은 것 같아. 내가 생각보다 약간 좋은 사람인 것 같은데 그 이유가 나보다 못난 사람이 너무 많다고 느껴져서. [인격적인 면에서.] 그런 느낌이지. 내가 대단히 훌륭한 인격자고 엄청난 게 아니라, 내가 볼 때 진짜 인간만도 못한 사람들이 너무 많은 거지. 10명이 모였는데, 내가 아무것도 안 하고 있는데 굳이 일을 벌이는 나쁜 사람들이 5명이나 되면 나는 상위 반절 이상에 드는 인격을 소유하고 있는 게 아닐까 하는 회의적인 생각을 많이 하는 거지. 사람들에 대한 혐오를 느끼면서.

Q. 왜? 학교 얘기 제외하고 또 싫은 게 있어?

A. 그냥 전반적으로. 내가 최근에 학교 토론 수업에서 발제를 한 게 웰빙에 대한 글이었는데, 웰빙(well-being)이라는 건 잘 존재하는 거잖아. 잘 존재하기 위해서는 잘 먹어야 하는데, 무엇을 먹느냐가 아니라 어떻게 먹느냐가 중요한 거래. 근데 어떻게 잘 먹느냐는 방법이 나뿐 아니라 타자, 그러니까 나를 제외한 다른 것들도 배부를 수 있도록 하는 게 웰빙이라는 텍스트였어. 그래서 나는 그렇게 썼어. 채식으로 가야 한다. 여기서 말하는 타자가 타인이었는데, 나는 인간을 넘어선 존재인 동물들도 잘 먹고 잘 존재할 수 있도록 해야 하는 것 아닌가라고 썼는데, 선생님한테 들었던 피드백이 동물은 하나의 존재라기보다는 사물과 똑같은 존재로 본다는 게 서양 철학의 입장이라는 거야. 걔네는 그냥 인간에 의해서 좌지우지되는 물건 같은 존재인 거야.

철학적으로는 모르겠지만 직관적으로 받아들여지지 않는 입장이잖아. 우리는 워낙 도기 프렌들리한 삶을 살고 있으니까. 그걸 들으면서 인간에 대한 생각을 하다 보니까, 개만도 못한 사람들도 있는데 왜 개를 그렇게 생각하는지. 그런 생각을 요즘 많이 해서 그런 것도 있어.

Q. 그 개만도 못한 사람들은 인격적인 면에서 어떤 부분이 결핍되었는지 말해줄 수 있어?

A. 내가 볼 땐 의리인 것 같은데. 의리가 없다는 거지. 자발적으로 누구를 위해서 뭔가를 한다는 책임감이 없는 것 같아. 개네들이 행동하는 원동력은 맞기 싫어서? 그게 정 떨어지게 만들어. 자기가 맞기 싫으니까 더 약한 걸 패고 이런 행동들인 거야. 내가 혹시 맞는 한이 있어도 얘를 지켜야지 하는 의리라는 게 없는 거지. [이런 생각을 하게 된 특별한 케이스 같은 게 있어?] A라는 애가 있었는데, 뭔 잘못을 해서 모든 이들이 안 좋게 바라보고 결국 개가 고립된 상황이 됐거든. B가 그때 손을 잡아줬던 거야. 나랑 밥 먹자 이런 식으로. 그래서 A가 B한테 집착을 했는데, A가 했던 잘못이 B에게도 잘못된 일이었던 거야. B는 나중에 그걸 알았지. 그래서 B가 A를 멀리하기 시작했거든. 그래도 적어도 A가 힘들 때 다가와줬잖아. 난 그래서 A가 B한테 고마움이나 그런 감정을 느끼고 있을 줄 알았거든. 나였으면 그럴 거라고 생각했고, 정식으로 사과를 한다든가 해서 B랑 관계를 이어나갈 수 있다고 생각했는데, 얼마 뒤에 보니까 A가 B를 고립시키는 무리에 가는 거야. 근데 이게 흔하게 있는 일이잖아, 고등학생이나 틴에이저들한테는. 지금 내가 익명으로 처리해서 더 많은 사회에 적응할 수 있단 말이지.

진짜 의리도 없지, 굳이 놀아도 저런 애들이랑 놀았어야 했나 이런 느낌?

Q. 현재를 기준으로 가장 의미 있었던 사건은 뭐야?

A. 아이한테는 양육자 그룹이 있잖아. 누구는 할머니 할아버지일 수도 있고 엄마 아빠일 수도 있고 삼촌이나 이모일 수도 있지. 근데 나의 양육자 중에 한 명이 죽었거든, 내가 어렸을 때. 양육자니까 나랑 되게 긴밀한 관계였을 거 아니야. 이렇게 말하니까 되게 남 얘기 같긴 한데, 아무튼 그중 한 명이 죽은 게 되게 충격이었어. [아직까지?] 그치. 주변에 그렇게 친했던 사람이 죽은 적은 없었으니까.

Q. 최초의 기억은 그거야?

A. 그거랑 관련이 있는데, 나를 돌보시던 분이 갑자기 안 돌보고 다른 사람이 와서 같이 지냈는데, 유치원에서 소풍을 갔나 그랬거든. 내가 화장실에 가고 싶어 해서 유치원 선생님이 내 손을 잡고 가고 있었거든. 근데 그 쌤이 다른 유치원 선생님들끼리 얘기를 하는데 내 얘기를 하는 거야. '요즘에 애 할머니 왜 안 보이세요?' 이런 식으로 말했는데 선생님이 내가 아기니까 못 들을 거라고 생각했지. 그래서 너무 아무렇지도 않게 얘기하는 거

야. '아, 돌아가셨어요.' 뭐 때문에 돌아가셨다고 얘기를
하는 거야. 나 다 들리잖아. 안 보이더니 그런 일이었군,
이런 생각을 한 게 아직도 기억이 나. [몰랐었어?] 몰랐지.
애들한테 그런 얘기 잘 안 해주잖아. [선생님이 너무 약간.]
어른들이 다 그렇지. 난 그런 경험이 되게 학대라고 생
각하거든. [나도.] 내가 지금도 기억하고 있을 만큼 커다
란 사건이었는데 그걸 어른들이 아무렇지도 않게 생각
했다는 거 아냐. 그래서 항상 생각을 해. 아기들한테 어
떻게 대해야 할지. 너무 어려워. [얼마나 정서를 감안해야 하
나?] 그렇지. 나도 지금 이해를 못하거든. 나도 그런 충
격이 몇 개 있었지만 그냥 그때 기억뿐이지, 지금 내가
어떤 말을 하는 게 아기들한테 어떻게 다가갈지 잘 모르
니까. 근데 아기들이라서 아무렇지도 않게 받아들이고
되게 빨리 잊어버릴 거라 생각하지만, 오히려 그 반대라
고 생각하거든.

Q. 본인이 뭘 할 때 가장 자연스러워요?

A. 자기 전에 불 끄고 누워서 핸드폰 할 때(웃음). [나도야
(웃음). 핸드폰으로 뭐 보는데?] 별 의미 없는 거 보는데, 그런
데 지금의 나를 만들기까지 그 시간이 되게 많은 걸 기
여했거든. 이게 웃길 수도 있는데, 내가 고등학교 때까
지만 해도 노래 듣는 걸 진짜 좋아했거든. 그래서 옛날

에는 일부러 내가 마음에 드는 노래를 찾았어. 자기 전에 누워서 이어폰 꽂고 멜론 랜덤 재생 같은 거 하면서 마음에 들면 하트 찍고, 그런 걸 매일매일 했단 말야. 그 이후에 영화 좋아할 때는 자기 전에 영화를 반 편씩 본다든가 그러면서 자는 것도 있었고. 요즘엔 그냥 아무것도 안 하긴 하는데, 시간이 남아돌아서 뭔가를 한 게 지금 내 취향이나 그런 걸 형성하는 데 되게 많은 영향을 줬는데. 그거랑 별개로 그게 제일 편한 시간이기도 하고.

Q. 그 시간이 가장 나답기도 해? 학교에 있을 때보다?

A. 그치. 학교에 있는 건 그냥 사회생활을 위해서 만들어진 내 모습인 것 같아. 지금 너네랑 얘기하는 거랑 또 달라. 나의 소속이라는 게 있잖아. 고등학교, 대학교라는 울타리 안에서 그 질서에 잠자코 수긍하는 것 같으면서도 항상 그게 불편해서 뭔가 나름의 일탈을 하고 싶어 하거든. 중학교 때는 오히려 그래서 공부를 좀 열심히 하는 편이었고. 중학교 때는 노는 애들, 굉장히 강한 아이들이 많았거든. 그래서 소위 너드 같은 그런 짓을 하는 게 개네로부터 멀리 있을 수 있어서 좋았고. 고등학교 때는 다 공부를 엄청 잘하는 애들이었으니까 오히려 예체능이라는 개네랑 다른 길을 걷는다는 게 남들의 시

선을 신경쓰지 않아서 좋았고. 지금 학교에서도 걔네랑 똑같이 디자인하기가 너무 싫어. 답답해. [예술가 체질이야.] 그래? 근데 아무튼 나는 그런 것 같거든.

[주변에 섞이는 게 부담스러워?] 근데 너도 약간 그런 게 있잖아. [나는 완전.] 그렇지. 그래서 적응 잘하는 애들이 100이고 너처럼 하기 싫은 건 절대 못 하는 친구들이 0이라면 나는 약간 40 정도 느낌? 학교를 다니긴 다니지. 그냥 적당히 교수님들 하는 거 하고 고등학교는 선생님들이 하라는 거 대충 하고 수능 공부하면서 적당히 하는데, 나머지 애들처럼은… 그런 괴리감을 느껴. 소수에 속하긴 하지만 그중에서도 완전 마이너리스트는 아닌. 모르겠어, 정확히 표현을 못하겠는데 학교가 너무 싫은 거지. [전과를 해 그러면.] 내가 40인 이유가 그거야. 웃기게 들릴 수도 있거든. 근데 내가 개인적으로 느끼는 부담감이라는 게, 우리 학교가 전공 특화로 학생들을 뽑잖아. 내가 그중에 뽑힌 거잖아. 그래서 다른 곳에 있을 자격이 없는 것처럼 느껴져. 난 여기에서는 입장 허가를 받았지만 다른 데 가면 외지에서 온 사람이잖아. 그게 싫은 거지. 이상할 수도 있어. 나 계속 이과에 있었잖아, 미술하면서도. [어, 정말 이상한 사람이라 생각했어(웃음).] 그것도 그런 거야. 문과에 가면 '나는 원래 이과인데' 이런 느낌이 드는 거지.

[여기 안에 있고 싶은데 저것도 하고 싶다, 그런 느낌 아냐?] 그치. 이걸 예컨대 '나는 자유주의야' 이렇게 말을 할 수가 없는 거야. 어디에 소속되고 싶지만 동시에 벗어나고 싶은 느낌. 뭔가 벗어나고 싶지만 끝까지 안정을 놓고 싶지 않은 거지. 나의 홈그라운드가 있는 상태에서, 나의 안전빵이 있는 상태에서 도전을 하고 싶은 거지. 나의 안정적인 기반을 놓지 않으면서 플러스알파로 나만의 특별한 무언가를 가지고 싶었던 거지. 우리 다 하는 공부 말고 나는 여기에 플러스알파로 이걸 해, 이런 거에서 약간 안정을 느끼고 그런 체질인데. 그런 것 같네?

Q. 혼자서 밥 먹고 생활하고 해야 한다면?

A. 난 잘하는 편이긴 한데, 좀 외롭긴 한 것 같아. 원래 친구가 없고, 중고등학교 때는 완전 혼자 있었거든. 친구 만나는 게 정말 몇 명 없어. 진짜 큰일 있어야 만나고 대부분은 그냥 혼자 놀았단 말이야. 주말에 시간 나면 혼자 영화 보고 밥 먹고 집에 혼자 걸어오고 이런 식으로 지냈는데, 그때는 되게 아무렇지도 않았거든. 외로움을 느끼지 못했는데, 정작 친구들이랑 몇 번 만나고 이렇게 모임 갖는 걸 몇 번 해보고 나니까 같이 있는 게 더 재밌네 이런 느낌이야. 그 이후에는 혼자 밥 먹다가 맛있으면 카톡을 켜서 나 지금 빵 먹는데 이거 개맛있어

나중에 와봐, 이런 식으로라도 표현하고 싶어. 지금은
좀 외로움을 느끼는 것 같아. [중고딩 때는 안 그랬어?] 중고
교 때는 혼자 생각하고 말았지. 중고등학교 때 중2병이
진짜 심했던 것 같아.

Q. 요즘 사람들은 요즘 사람들을 어떻게 생각할까?

A. 음… 다른 사람들이 서로를 어떻게 생각하는지 잘 모
르겠어. [그래? 어쨌든 생각은 할 거 아냐.] 할 것 같은데 그걸
예상 못하겠어. 나는 속 빤히 보인다, 힙해지고 싶은데
힙충 소리 듣기 싫어서 저렇게 꾸안꾸하고, 이렇게 약
간 비아냥거리듯이 사람들을 바라보잖아. 근데 나랑 다
르게 생각하는 사람도 있을 테니까, 근데 그거를 어떻게
생각하는지 모르겠다는 거지. 너무 그런 시선에 나 혼자
젖어 있으니까.

Q. 그러면 그냥 개인으로 규정하지 말고
   집단이 서로를 어떻게 생각하는지, 멀리서 좀 바라봐봐.

A. 속으론 다 욕하고 있을 거 같아. [왜?] 겉으로는 그냥
아무렇지도 않게 얘기하지만, 서로 다들 약간 경계하고
있을 것 같은데. 어떤 여자는 어떤 남자를 '아, 한남' 이
렇게 생각하고 어떤 남자는 어떤 여자를 '아, 메갈' 이렇
게 생각할 것 같아. [그냥?] 그냥 그러지 않을까. 내 주변

에는 그렇게 생각하고 있는 것 같던데. 그리고 그걸 우아한 말로 포장해서 하는 거지. 다들 자기가 되게 중립적인 입장에서 말한다고 생각하지만, 자신이 내뱉는 말이 생각을 대변하는 것이기 때문에 어떤 식으로든 그게 보일 수밖에 없잖아. 나도 그렇지. 속으로는 다 싫어하고 있다. 의심한다. [이 무슨 흉흉한 세상이냐 진짜(웃음).] (웃음)의심하고, 경계하고, 나의 본색을 드러내지 않으려고. '이 새끼 믿을 수 있나?' 약간 이런 느낌. 난 어떤 세상에 살고 있길래 이런 말만 할 수 있는 거지? [그게 막 틀린 것도 아니고. 일부는 맞긴 하잖아.]

Q. 그러면 과정과 결과 중에 어떤 게 더 중요하다 생각해?

A. 결과? [이유를 들어볼 수 있을까?] 어떤 일을 해서 결과가 부정적으로 나올 때는 부정적인 결과를 두 개로 나눌 수 있다고 생각하거든. 옳지 않은 일과 나쁜 일인데, 나쁜 일은 대체로 과정도 나쁘거든. 옳지 않은 일이란 그 과정에 악의가 없었던 건데, 그렇다고 해서 비난받지 않아도 되는가? 예를 들어 내가 어떤 작업을 했는데, 자료를 모으는 과정에서 다른 사람의 작업 사진이 하나 섞여 들어갔어. 이걸 나중에 알게 된 거야. 나는 전혀 그럴 생각이 없었지만 결과적으로 누군가를 표절해서 작업을 낸 꼬라지가 된 거지. 그러면 표절당한 피해자나 그런 걸

생각해봤을 때 옳지 않은 일로 사람들이 평가하잖아. 그리고 나도 그거에 대해서 합당한 책임을 져야 하고, 내 의도와 상관없이. 그랬을 때 결과가 갖는 의미가 더 크지 않나, 과정보다.

그런 생각도 들고, 사실 좋은 결과물을 만드는 게 좋은 과정이 아니라 그냥 우연인 경우가 더 많은 것 같아. [맞긴 맞아. 그런데 작품으로 봤을 때는 그 비중이 클 수 있는데, 한 작가의 인생을 봤을 때는 좀 다른 얘기겠지. 결국엔 본인 실력으로 승부하는 거니까.] 맞아. 그건 맞는데, 어떤 결과물이 나오는 순간이라든가 이 작업에 대한 과정을 어쨌든 구획한다면 결국 우연인 경우가 많은데, 난 그래서 과정이 어찌 됐든 결과가 중요하지 않나 싶거든. 내가 세상을 멸망시킬 계획을 세웠는데 결과적으로 인류를 구하게 된다면 난 노벨상을 받겠지. [근데 그 과정을 설명해야 할 거 아냐.] 그거야 뭐 굳이 물어보지 않을 수도 있잖아. [어떻게 이걸 하게 됐나요 하면?] 그냥 뭐~ 어쩌다 보니~ 그렇게 미화된 사건이 있지 않을까?

대한민국 교육 과정에서 선생님들은 날 이렇게 가르치고 싶었겠지, 좋은 의도와 좋은 과정을 가지고 좋은 결과물을 뽑는 사람이 되어라. 옳은 얘기지. 맞는 얘기고, 더 많은 사람들이 이런 생각을 가지게끔 교육해야 한다고 생각해. 나는 그 교육 과정의 실패자인 거지. [근데 생각보다 결과가 중요하다고 하는 사람들이 많았어. 일단 사회가 결과 중심적이니까 그렇게 생각할 수밖에 없는 것 같아.] 어쨌든 결과물이 나와야 과정이 있는 거고. 그렇게 생각해. [과정을 의미 있게 만드는 게 결과물이라고?] 그건 아니지. 시작은 했는데 끝이 없으면 그 과정이라는 걸 어떻게 정리할 수 있는가. 어쨌든 마침표나 쉼표가 있어야 네가 이런 결과물을 뽑기 위해 그동안 열심히 공부했고 이런 작업을 하고 이런 생각을 거쳐서 이런 게 나왔구나 하는 식으로 과정을 검토할 수 있는. 결국엔 뭔가 계기가 있어야 한다고 생각하거든. 그 계기가 결과인 거지. 어쨌든 사람들이 그걸 생각하고 말하고 평가하게 되는 이유가 뭔가 생각하면, 결국 결과물이 인식되는 거 아닌가? 대부분은 그렇잖아. 결과가 그런 점에서도 의미가 있다고 생각을 해. 좋은 결과든 나쁜 결과든. 과정에 대해 다시 한 번 생각해보게 한다는 의미에서.

Q. 너무 멀리 와서 이 질문하기 좀 그런데(웃음), 과정을 놓았어, 근데 결과가 좋아. 반대로 과정은 엄청 좋고 내면이 성장하고 여하튼 알찼어. 근데 결과가 안 좋아. 그 두 가지 상황 중에서는 어떤 게 더 가치가 있다고 얘기할 수 있을까?

A. 난 완전 결과. 결과가 부정적이면 과정이 아무리 좋아도 스스로 성장하는 데 한계가 있다고 해야 하나, 현

실적인 관점에서. [허들을 넘지 못한 느낌이야?] 그런 거지. 그리고 약간 배 아프고 실제로 안 그랬으면 좋겠지만, 노력 대비 성공을 맛본 애들이 오히려 더 성장하는 사례를 실제로 많이 봐서. 재능보다 노력이 중요하고 노력보다 즐기는 게 중요하다, 이렇게 교과서적인 얘기를 하지만 실제로는 그냥 돈 많고 재능 있는 애들이 더 잘하는 느낌을 많이 받아서. [그치. 돈 플러스 재능은] 그건 대박이지. [그리고 돈 있는 사람은 인맥도 있단 말이야.] 그럼그럼. 그래서 그 실패한 사람이 아무리 과정이 좋았다고 해도 결과로서 뭔가 성공하지 못하면 그다음에 또 다른 도전을 하고 경험이나 배운 것을 발휘할 기회가 현실적으로 있는가 했을 때 별로 못 느낀?

Q. 현재 역할에 만족하세요?

A. 내 역할이 뭔지 모르겠네. [대학생도 있고 딸도 있고 20대도 있고] 아, 뭔가 나한테 바라는 게 없다고 해야 하나? 20대에 이런 걸 해야지, 대학생이면 이런 걸 해야지, 딸이면 이런 걸 해야지라는 거에 대해 딱히 생각해본 게 없어지고 뭔가 실망하거나 불만족할 만한 게 없는 것 같아.

Q. 열심히 한다는 것에 대해서 어떻게 생각해?

A. 다 부질없다. [왜? 뭔가 성과를 내려면 열심히 해야 하잖아.]
그치. 그러네. 나 자체가 약간 그런 게 있어. 과정을 쉽
게 잊는 스타일이야. 지금 생각해보면 '결과를 내려면
노력해야 하잖아' 이런 말을 들으면, '어 그러고 보니 나
도…' 이런 식으로 생각이 나긴 하거든. 나름 열심히 했
었나 싶긴 한데, 평소에는 그냥 눈 감았다 뜨니까 대학
온 것 같고, 눈 감았다 뜨니까 종강한 것 같고 이런 느낌
이야. 그러네, 노력을 하네? 나는 내 노력을 과소평가하
는 경향이 있기도 해. 이 정도가 노력이야? 옆집 ○○이
봐, 저렇게 열심히 하는데 넌 그게 노력이야? 약간 이런
식으로 생각하는 것 같아. 노력, 중요한 것 같네.

Q. 즐거움을 분류할 수 있어?

A. 모르겠는데? 나눌 수 없을 것 같아. 기억에 남는 즐거
움들이 딱히 생각이 안 나. 즐겁다~ 이런 게. [재밌다도 없
어?] '재밌다'라는 단어를 쓰긴 하거든. [근데 마음에 와닿는
재미는 아니야?] 오히려 하나도 안 재밌는데 재밌다고 하
는 그런 거지. 즐겁거나 재밌는 게 되게 추상적인 개념
같다는 느낌. [그래서 나눌 수 없어?] 응.

다는 기억했거든 때 만드는 지간이 그 지금이 나를 만드는 때 기억했거든 미움

Q. 그러면 분노는 나눌 수 있어?

A. 최근에 감정에 대한 프로젝트를 하면서 느낀 게, 감정이 하나가 아니라 복합적이라고 생각하거든, 모든 감정들이. 그래서 즐거움과 분노, 분노와 슬픔, 이런 식으로 나눌 수는 있는데. [맞아, 근데 퍼센티지로 따지면? 순수 100 퍼센트의 즐거움만 있을 수는 없겠지.] 그런 식으로 하면 너무 많은 감정의 경우의 수가 생겨가지고 그거를 분류하기가 힘든 느낌. [한 번 분류하면 너무 자세하게 분류할 것 같아서?] 그럴 수도 있고, 지금 내 기억이나 그런 걸로는 어떻게 분류해야 할지 명확하게 떠오르지 않아. 여러 가지 감정이 계속 복합적으로 나타나는데. 지금도 즐거운 상태일 수도 있지. 그런데 이걸 뭐라고 정의를 내릴지는? [그렇군. 지금까지 얘기를 들어본 결과 너는 즐겁다, 화난다 이런 게 아니야. 그냥 '생각'이야.] 어, 맞아.

Q. 이제 끝났다. 기분이 어떠신가요?

A. 내가 무슨 말을 한 건지 잘 모르겠지만 모쪼록 잘 정리를 하셨으면 좋겠고, 수고하셨어요. [아니, 기분을 얘기하라고(웃음)!] 그냥 기분이 안 나는데? [기분이 없다!]

아주

조금씩이라도

　잘

가고

있다고

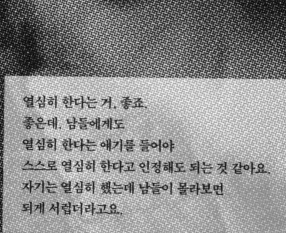

열심히 한다는 거, 좋죠.
좋은데, 남들에게도
열심히 한다는 얘기를 들어야
스스로 열심히 한다고 인정해도 되는 것 같아요.
자기는 열심히 했는데 남들이 몰라보면
되게 서럽더라고요.

2022년 1월

Q. 본인 소개를 해주세요.

A. 저는 안도이고 올해 서른이 됐고 [동안이시네요.] 어? 그런 말 잘 안 듣는데. 지금 ACS(안철순)라는 문화공간을 운영하면서 동대문에서 사업을, 그러니까 야밤에 옷을 옮기는 운반을 하고 있습니다.

Q. 요즘에는 기분이 어떠신가요?

A. 원래 사람들이 잘 지내냐고 물어보면 잘 지낸다고 뻥을 치는 편이었는데, 요새는 잘 못 지낸다고 하고 있습니다. [어째서죠? 잘 못 지내시나요?] 연말 일주일 동안 많은 일이 있었고. [어떤 일인지 여쭤봐도 되나요?] 뭐, 누구나 다 겪는 것들을 일주일 만에 겪은 건데요. 실연도 있었고 독립도 했고, 원래 하던 일이 일용직이었는데 정직원을 하게 돼서 적응하는 시간을 갖고 있어요. 못 지낸다고 하는 이유의 거의는 가난 때문인 것 같아요.

Q. 그러면 비슷한 질문인데,
근 한 달간 대체로 뭘 하셨고 어떤 기분이셨는지?

A. 한 달 동안 뭐 했지? 한 달 동안은 계속 ACS라는 공간을 운영하면서 보통 매일 새벽에 동대문에 일 나가고, 그렇게 올해를 준비하다가 연말에 (그런 일들이). 어떤 기분이었냐면 좋았던 적은 별로 없었던 것 같아요. 설레는

감정을 느낀 지 굉장히 오래됐구나. [설레는 기분이라 하면 새로운 것을 마주해서 느끼는?] 그렇죠. 새로운 인간관계나 새로운 환경이나 아니면 새로운 자극, 어떤 미디어를 보면서 느끼는 그런 것들이 나이 들수록 많이 사라져가고. 근 한 달은 그냥 막연했던 것 같아요. 아, 제가 말주변이 너무 없어서. [아니요. 괜찮아요.] 양해 부탁드립니다.

Q. 한 달간 만났던 사람 중에 가장 인상 깊었던 사람이 있으셨나요?

A. 전 여자친구인 것 같아요. 너무 익숙하고 똑같은 시간들을 보내다가 갑작스럽게 이별을 맞이하게 되었고, 근데 또 친구로 잘 지내고 있어서. 너무 익숙했던 시간이 확 사라지는 걸 느꼈을 때 그것에 적응해야 하는 어려움이 지금까지 있죠. [그분이랑 어떻게 만나게 되신 건지 얘기해주실 수 있나요?] 그 친구랑은 여기서 만났고요. 여기 손님으로 오셨는데, 그분의 일행분이 저한테 질문을 많이 하셨어요. 그래서 얘기를 나누고, 또 동갑이고 해서 그 일행분하고 그 친구하고 저하고 같이 식사하면서 얘기 나누는데 대화가 굉장히 즐거운 거예요. 굉장히 편하고. 한 달 동안 대화를 나누다가, 누가 먼저 좋아했다기보다는 둘이 자연스럽게 좋아하게 되면서 연애를 했고 1년 좀 넘어서 헤어졌죠. 여기서 누구를 만나서 같이 식사하고 그랬던 게 그때가 처음이고.

Q. 최초의 기억이 있으신가요?

A. 네, 96년 동생 태어났을 때. 네 살 때, 그때가 기억이 나요. [그때 어땠나요?] 그냥 동생하고 손 잡았을 때가 기억이 나요. 완전 갓 태어난 동생하고 손 잡았던 기억. 좋았던 것 같아요. [어떤 점이 좋았던 것 같으세요?] 그땐 누군지 몰랐거든요, 저 생명체가 뭔지 몰랐는데(웃음). 어쨌든 그때의 기분은 모르겠지만 그냥 엄마 아빠랑 할아버지가 좋아해서 (저도) 좋았던 기억을 하고. 아직까지도 제가 동생을 정말 사랑하고 그래서.

Q. 현재를 기준으로 가장 의미 있었던 사건이 있으신가요?

A. 의미 있는 사건, 그런 건 없는 것 같아요. 사건이라 표현하긴 그런데, 저한테 의미 있는 건 지금인 것 같아요. 독립을 시작했고 정직원이 되었고. 어떤 환경에서 인정받아 정직원이 된 것도 저한테 의미 있는 거고 독립을 한 것도 의미가 있는 거고.

Q. 본인의 인간성에 대해 떠오르는 게 있으신가요?

A. 저의 인간성은, 저는 누구나 비밀이 있다고 생각하고, 저는 천국은 못 갈 것 같아요(웃음). [어째서죠?] 엄청 나쁜 인간성이라기보단, 저도 최대한 노력은 하는데 엄청 좋은 인간성은 아닌 것 같아요. [그렇게 생각하게 된 특별

한 계기는 없고요?] 그냥 일 나가기 싫을 때 아프다고 뻥 치고. [누구나 그러니까요(웃음).] 저도 사람들한테 상처받은 적도 있지만 상처 준 적도 있고, 절 저주하는 사람도 있을 거라고 생각하고. 그래서 천국은 못 갈 것 같아요.

Q. 사람들이랑 같이 있을 때랑 혼자 계실 때 중에

어떤 게 더 기분이 좋으세요? 딱 직관적으로 생각했을 때.

A. 직관적으로요. 장단점은 있는데 같이 있을 때가 조금 더 좋은 것 같아요. 그게 누구냐에 따라서긴 하죠. [누구랑 같이 계실 때 더 좋나요?] 아무래도 마음을 편하게 표현할 수 있는 친구들, 지금의 동업자나 비교적 오래된 친구들이나, 연애할 때 그 상대방들이. [동업자라 하면 철순 님?] 네, 그렇죠. [그분이랑 어떻게 알게 되신 거예요?] 그분이랑은 전 직장에서 만났고, 지금은 동업자예요. 4년 전에, 마음이 맞아서 같이 나와서 차리게 되었죠. 이전에 일했던 곳도 장점이 있는 공간이지만 저희는 더 다양한 문화적인 것을 교류하고 싶어서.

Q. '요즘 사람들' 하면 어떤 분위기나 느낌이 떠오르시나요?

A. 요즘 사람들이라 하면 일하는 거나 노는 거나 다 치열하게 느껴져요. 노는 것도 되게 치열하게 느껴지고, 가만히 있는 것에서도 치열하게 느껴지고. 가만히 있는

것에도 여유가 안 느껴지는? [그런 분위기가 어떻게 다가오세요? 좋으세요?] 아뇨, 좋지는 않은 것 같아요. 그냥 나 자신이 중요하니까 내가 어떻게 살아갈지가 우선이어서, 솔직히 내가 사람들을 어떻게 느끼든, 좋은지 나쁜지는 잘 안 느껴지는 편인 것 같아요. [MZ세대의 특징이 떠오르네요(웃음). 개인화된 생각.] 아, 내가 MZ세대에 속하는구나. 그렇죠, 개인적이어야 하는 것 같아요. 세대를 떠나서.

Q. 과정과 결과 중에 어떤 게 더 중요하다고 생각하세요?

A. 저는 개인적으로 과정을 더 중시해요. [왜요?] 이것도… 되게 어렵네요, 항상 당연하다고 생각했던 거였는데. 아무래도 과정은 당사자가 느끼는 것이고… 남들에게는 결과가 중요한 거잖아요. 나의 프로젝트라고 생각하면 과정이라고 답할 수 있는데, 사실 저도 남의 프로젝트를 보면 결과로 평가할 수 있는 거고. 근데 저도 남들이 되게 열심히 준비했는데 결과물이 안 좋다면 이해를 할 것 같아요. 그래서 과정이라고 대답하고 싶네요.

Q. 현재의 역할이 있으시잖아요. 그것에 만족하시나요?

A. 예, 만족하는 편이죠. [어떤 점이 만족스러우세요?] 지금의 역할이라면 일단은 이 공간을 운영하거나 문화 행사를 기획하는 역할이라면, 시간이 너무 오래 걸리고 있지

만 어쨌든 천천히라도 좋아하는 환경을 향해서 가고 있다고 느끼는 편이고. 이 공간을 운영하는 입장에서는 아주 조금씩이라도 잘 가고 있다고 생각하고 있습니다. 원하는 라인업이 조금씩 만들어질 때마다 느끼고, 또 저희 공간을 존중해주는 사람들이 많이 늘어나서 보람을 느끼죠. [엄청 유명해졌잖아요.] 저는 모르거든요, 저희가 얼마나 유명하고 얼마나 많이 알려졌는지 몰라요. 근데 아는 사람들이 많고, 심지어 알아보는 사람들도 많더라고요. [정말요? 을지로 같은 데 지나가시면?] 길거리는 아니고요. 비슷한 문화공간, '신도시'나 '채널1969'나 아니면 다른 공간을 가면 알아보는 분들이 있더라고요. 그런데 정작 영업을 하면 사람들이 많이 오지 않아요. 행사 기준으로 많이 오는 거지, 모든 행사에 많이 오는 것도 아니고. 그럴 때마다 고맙죠, 알아봐주는 사람들한테 고마운데, 이제 행실을 똑바로 해야겠다(웃음), 연예인은 아니지만. [유명인이 되었으니까(웃음).] 어우 유명인도 아닌데 너무 당황스럽죠, 혼자 술 먹는데 알아보는 사람도 있고.

Q. 가족이 보고 싶으세요?

A. 항상 보고 싶죠. 가까이 계시는 편이지만 항상 보고 싶죠. [좋은 추억이 많으신가 보네요.] 그렇죠, 가족에게는 항상 고맙죠. 20대 초반 때는 남들이 장점을 물어보면 유

일하게 확실하게 말했던 장점으로 가족을 잘 만났다고
얘기했어요. 지금도 그렇게 생각하고. 가족에 대해서는
항상 감사하고 사랑하죠.

Q. 열심히 한다는 것에 대해서 어떻게 생각하시나요?

A. 열심히 한다는 거, 좋죠. 좋은데 기준이 다 다른 거니
까. [본인 기준으로 생각해보신다면?] 남들에게도 열심히 한
다는 얘기를 들어야 스스로 열심히 한다고 인정해도 되
는 것 같아요. [객관적인 기준이 필요하다?] 그죠. 자기는 열
심히 했는데 남들이 몰라보면 되게 서럽더라고요. 그럴
때는 더 열심히 하면 되는 거고. 남들이 옆에서 먼저 얘
기해줄 때까지 열심히 해야지, 그 기준을 파악하고 이만
큼 열심히 해야 하는 거구나 생각하면 되는 것 같아요.

Q. 안도 님은 열심히 하는 걸 잘한다고 생각하시나요?

A. 그렇죠. 항상 그래도 남을 의식하면서 하는 편이죠.
그게 좋은 건 아닌데 남을 의식하면서 스스로 열심히
하려고 하고. 근데 중요한 건 남들이 열심히 한다고 하
는 것보다 잘한다고 하는 게 더 좋잖아요. 아직 잘한다
는 얘기를 듣는 부분까지는 좀 멀다고 느껴지네요. 남들
보다 더디기도 하고, 열심히 한다는 얘기는 항상 듣는데
잘한다는 얘기는 잘 못 들으면서 자라왔던 것 같아요.

Q. 즐거움을 분류하실 수 있나요?

A. 네. [어떻게 분류하실 수 있나요?] 보장된 즐거움이 있고 예상하지 못한 즐거움이 있는데, 보장된 즐거움은 내가 무엇을 먹어야 기분이 풀어지고 내가 누구를 만나야 기분이 풀어지고 영화 중에서 뭘 봐야 기분이 풀어지고 그걸 아니까 그런 식으로 분류할 수 있는 것 같아요. [재밌네요.] 다행이다(웃음). 저는 춤추는 걸 좋아하는데 한 번도 사람들한테 보여주려고 춤췄던 적이 없거든요. 그냥 즐거우려고 춤을 춰왔고, 춤추면 즐거워요. 근데 사람들은 오해를 많이 하더라고요. [어떤 오해를?] 그냥 유흥을 좋아하는 이미지로 비치거나, 아무래도 디제잉도 하고 춤도 추고 그러니까 성격이 굉장히 활달할 것 같다고. 예전에는 그런 얘기도 들었어요, 처음 보는 사람이 춤춰 보라고. 이미지가 너무 그렇게 소비되니까, 그래서 저희 이미지도 약간… 예전에 막춤클럽 이런 것도 하고 그랬으니까. 친근하게 느껴지려고 의도했던 건 맞는데, 너무 그러니까 무례하게 다가오는 사람들도 많고 저희를 좀 가볍게 보는 시선도 있었던 것 같아요.

왜 춤 얘기를 했냐면, 춤추는 게 즐거운데 그 즐거움의 기준이 나를 위한 즐거움이어서. 저는 솔직히 남들한테 춤 잘 춘다, 보기 좋다 이런 얘기 들으면 기분은 좋은데 크게 와닿진 않거든요. 그냥 내가 좋으려고 춤을 추는 거여서. 어렸을 때부터 음악이 너무 좋으면 춤을 추고, 그냥 춤을 추면 기분이 좋고 그래서. 요새는 사람 많은 데서 춤추는 것보다는 그냥 길거리에서 혼자 춤추고 그게 더 편해요. [근데 보통 사람들은 그런 걸 부끄러워하잖아요. 부끄럽지 않으신가요?] 부끄럽기는 하죠. 가끔 사람이 없다고 생각하고 춤을 췄는데 사람이 있거나, 차가 초록불인데도 안 가거나(웃음) 그럴 땐 부끄럽죠. 차 창문 열고 보고 계시고. 어쨌든 그냥 계속 추죠. 제가 좋아서 추는 거니까. 그냥 여기(ACS)서 혼자 춤추거나 아니면 밤에 아무도 없는 거리나 공원에서 혼자 춤추는 게 많이 편해진 것 같아요. 그게 즐거움인 것 같아요, 저한테는. [춤출 때는 어떤 음악을 들으시는지?] 저는 춤출 때 음악을 안 가리는데, 공통점은 약간 아드레날린이 있는 음악들에 춤을 추는 것 같아요. 장르 안 가리고.

Q. 인생을 몇 가지 기점으로 나누실 수 있나요?

A. 근데 너무 뻔한 대답이어서. [괜찮아요.] 유아기하고, 그냥 미취학일 때랑 어린이였을 때 그리고 청소년, 성인 이렇게 나눌 수 있는 것 같아요. 성인은 아무래도 길잖아요, 다른 거에 비하면. 어떻게 나눠야 하지? [사건으로 나누셔도 돼요.] 저는 사건은 많은데 나눌 정도의 사건은 없고. 예를 들면 제가 그런 생각을 했었어요. 사실 구

상하는 것 중 하나가 어린 시절을 만화로 만들고 싶은 게 있어요. [만화 잘 그리시잖아요.] 아직 멀긴 했는데, 감사합니다. 자전적인 만화를 그리고 싶은 생각을 하는데 초등학생, 중학생, 고등학생, 20대 초반, 20대 중반 이렇게 나누어지는 것 같아요. 사실 나눌 정도의 사건은 없지만 뭔가 취향 같은 게 살면서 많이 바뀌잖아요. 영화를 보는 취향이나 음악을 듣는 취향이나 아니면 선호하는 사람들의 취향이나 내가 피하는 사람들의 취향이나 그런 게 그때마다 바뀌었으니까.

Q. 혼자 거리를 걸으실 때는 어떤 생각이 드세요?

A. 보통은 어떻게 생계를(웃음) 유지해야 하나 하는 생각이 많이 들고, 아니면 과거에 대한 그리움이나 과거에 대한 후회를 많이 생각하면서 걷는 것 같아요. [과거에 대한 후회가 무겁게 느껴지시나요?] 그렇죠. 무겁게 느껴지죠.

Q. 그렇다면 본인이 혼자 거리를 걷고 있는 모습을 상상하면 어떤 기분이 드세요?

A. 제삼자의 눈에서 볼 때 약간 힘없어 보일 것 같아요. [어째서죠?] 그냥 저는 걸을 때 생각에 잠겨서 걸으니까 땅 보고 걷고, 주머니에 손 넣고 되게 힘없이 걷는 편이어서 다가가기 싫을 것 같아요. 되게 별로일 것 같아요.

Q. 본인이 뭘 할 때 가장 자연스럽다고 느껴지세요?

A. 아, 엄청 많은데, 근데 부끄러워서. [뭔데요?] 혼자 있을 때 그냥 방귀 편하게 뀔 때, 그럴 때밖에 없는 것 같아요. 그냥 자연스럽다고 느낀 게. 방귀 편하게 뀌고, 술 취해서 안 씻고 그냥 바로 침대에 눕는다거나, 그럴 때인 것 같아요. [같이 있을 때는 아무래도 제한되는 게 많으니까 그렇겠죠?] 그렇죠. 상대방이 별로 안 좋아하죠. 상대방이 자기 있는데 방귀 뀌거나(웃음) 잘 안 좋아하죠. 그래서 상대방을 지키는 차원에서(웃음).

Q. 인스타그램을 하게 된 계기가 있나요?

A. 제 나이 또래라면 다 비슷할 텐데. 페이스북 하다가 다 인스타로 넘어가서 하게 됐는데, 제가 2014년에 가입을 했거든요. 근데 거의 안 했어요. 2018년, 2019년부터 활성화를 했던 거 같아요. [딱 안철순 문 열었을 때.] 그렇죠. 디제잉 데뷔하고 좀 활성화했던 것 같아요. 그전에는 영상 같은 걸 많이 올리고 그랬죠. [영상이요? 어떤 영상이요?] 그때 한창 대학 그만두고 방황했을 때여서 다큐멘터리 같은 거 그냥 혼자서 찍어보고. [관련된 전공을 하셨나요?] 맞아요. 영화 전공. [오~ 멋있으시네요.] 하나도 안 멋있어요. 여기 오시는 20대 초반 친구들 보면 오히려 그 친구들이 더 멋있고. 그러니까 멋있다기보다 이 공간에

오거나 아니면 뭔가 이렇게… 성함이 어떻게 되시죠? [저 송지민.] 지민 님의 피드를 봐도 좋아하는 게 뭔지 굉장히 또렷하게 느껴지거든요. 사람들한테 어떻게 비춰지고 싶은지도 저는 느껴지는데, 그게 되게 멋있었어요.

Q. 저는 뭘 좋아하는 것처럼 보이나요?

A. 제가 정리를 하기가 어려운데, 어쨌든 간에 다양한 서브컬처나 마이너한 쪽에 굉장히 관심을 보이는 게 많이 느껴지고요. 그리고 다양한 공간들 가시는 모습들이나, 취향을 공유하는 20대 초반 친구들의 모습을 보면서 그런 게 또렷해 보이고. 멋있다는 표현보다는 내 20대 때보다 낫다? 저는 대학교 때 맨날 술 먹고. 혼자서 영화는 굉장히 많이 봤는데 공유를 따로 안 했죠. [그렇다면 취향이 뚜렷한 게 맞는 것 같은데.] 그런 이야기는 많이 들었어요. 색깔이 또렷하다, 취향이 또렷하다는 얘기는 많이 들었는데, 남들에게 어떻게 비춰질지 그런 부분에 대해서 생각을 안 하기도 했고. 제가 팔로우하는 20대 초중반, 나이를 떠나서 그런 분들 보면 그런 것들을 표현하는 데 굉장히 자연스럽고, 어디 공간에 가면 그 공간을 참고하고 그 문화를 소비하는 모습들이나 다양한 문화에 대해 애정하는 모습들이 일상에서 느껴지고 SNS에서 느껴져서 되게 보기 좋다고 생각하죠.

Q. 20대 때 보신 영화 중에 추천해주고 싶은 게 있다면?

A. 20대 초반 때… 저 아직도 보는 영화가 있는데, 〈은하해방전선〉이라고(웃음). 한국 영화고 2007년에 나온, 호불호가 너무 갈리는 영화이긴 해요. [어떤 내용인가요?] 찌질한 내용인데, 독립영화 감독 영재라는 친구가 굉장히 자의식이 센 친구인데 은하라는 여자친구랑 헤어지게 돼요. 그래서 영화 제목이 〈은하해방전선〉인데 헤어지고 나서 실어증이 찾아오고, 근데 대사들이나 그런 상황들이 너무 좋고. 최근에 마지막으로 이별했을 때 그 영화 같다는 생각을 많이 했어요. 그래서 다시 찾아보게 되고. 찌질하지만 사랑스러운 그런 영화였죠. [어떤 대사인가요?] 군대 선임이 영재한테 너는 영화가 왜 하고 싶냐고 물어봐요. 영재가 여자한테 인기 많고 싶어서 영화를 한다고 한 그 대사도 유명하고, 영재가 헤어지고 어떤 병원에 갔는데 의사가 '가족 중에서 정신병자가 있나요?' 물어보는데 사촌 중에 한겨레 기자가 있다고 대답하는 그런 재기발랄함이 영화감독 지망생이었던 저한테 많이 영향을 췄던 영화였고. [지금은 영화를 찍기 싫으세요?] 네, 지금은 찍고 싶은 영화가 없는 것 같아요. 그렇다고 많이 찍어본 적도 없지만 그만큼 자신 있는 영화가 없는 것 같아요.

맞아, 지금의 20대들한테 추천하고 싶은 영화가, 제

가 20대 때 많이 봤던 영화이기도 하고 아직까지 저한테 교과서 같은 영화가 있는데 장선우 감독의 〈나쁜 영화〉라고. [저 봤어요. 재밌죠.] 네, 미술적으로나 여러 방면에서 큰 영향을 줬던. [중간에 게임 화면 나오는 것도 귀엽고.] 맞아요, 맞아요. 열일곱 살 때 처음 보고 아직까지 그냥 기분이 꿀꿀할 때마다 보는 영화 중에 하나여서 추천드리고 싶어요. 보셨군요.

Q. 누구를 닮았다는 얘기를 들으면 기분이 어떠세요?

A. 새로워요, 들을 때마다. 기분이 나쁜 적은 없죠. [누구 닮았다는 얘기 들으셨어요?] 최근에 〈아기공룡 둘리〉 고길동 닮았다는 얘기. [안 닮았는데.] 괴짜 캐릭터 같다는 얘기 많이 들었고, 정상수 닮았다는 얘기도 들어봤어요. 머리 짧았을 때. [정상수요? 래퍼요?] 네, 20대 초반 때 정상수 같다. 되게 가끔 잘생긴 연예인 닮았다는 얘기 들을 때 엄청 부담스럽고 숨고 싶더라고요. 제 입으로 얘기하기 힘드네요. [괜찮아요.] 청소년 때는 최다니엘 닮았다고. 대학교 때 안영미 닮았다는 얘기도 듣고, 그래서 선배들이 영미라고 부르고. 최근에는 아이돌 바비 닮았다고(웃음). [바비요, 오, 알 것 같아요.] 말해놓고 현타가 오네요. 제가 인정했다는 거 아닙니다. 제가 인정하는 닮은꼴은, 유병재 매니저는 인정해요. 그 정도입니다. [기분

이 나쁘지는 않으셨고요?] 기분 나빴던 적은 없어요. 오히려 새롭죠. 내 얼굴의 비교 대상이 그렇구나 하는 걸 알게 되고. 신기해요.

Q. 와, 인터뷰가 끝났네요. 기분이 어떠세요?

A. 뭔가 이렇게 이야기를 나누면서 내가 어떤 생각을 하는지 정리를 하게 되었던 것 같고, 두서없이 제가 말을 했던 것 같아서 인터뷰 정리하시면서 애를 먹지 않으셨나. [전 그대로 다 쓰거든요. 그래서 상관없어요.] 재밌게 진행을 잘해주셔서 재밌는 시간이었습니다. 인터뷰 하실 만하셨나요? [네, 일단은 제가 자주 가는 술집의 사장님이시니까 처음부터 뭔가 기대감을 갖고 있었고, 재밌었어요.] 편하게 이렇게 얘기를 할 수 있어서 저도 재밌게 했습니다. 다른 인터뷰들 봐도 되게 재밌더라고요. 되게 솔직하고 공감 가는 부분도 많았어요. [어떤 점이 공감되시던가요?] 중졸이라는 분도, 트라우마 얘기도 되게 공감 많이 가고. 비슷한 걸 느끼는구나, 어떻게 표현하느냐에 따라 다르구나.

여기는 어떻게 알게 되셨어요? [안철순이요? 저도 정확히는 기억 안 나는데, 제가 학교를 다닐 때 이제 해방됐으니까 놀아야지 이러고 돌아다니다가, 뭔가 아우라가 느껴지는 곳이 딱 있는 거죠. 그래서 친구들과 저기 뭐야 겁나 무섭다 이랬는데, 재작년쯤에 록파티를 여기서 했잖아요. 그때 라인업을 봤는데 너무 가보고 싶은 거예요. 근데 혼자 가긴 무서우니까 친구들이랑 같이 온 게 처음이었던 것 같아요.] 그때 오셨구나. 맞아요. 저도 오셨던 게 기억이 나서, 여러 번 와주셨죠. [네, 다 기억을 하시는군요.] 그렇죠. 여러 번 왔으면 웬만하면 다 기억하는 편이고.

아까 제가 손님들하고 웬만하면 밥을 안 먹는다고 했는데, 남자 손님들이랑 밥을 되게 많이 먹었었어요. 요새는 안 하려고 해요. 아무래도 공간을 운영하면서 조심해야 되는 것 같아요. 사심으로 운영하는 것처럼 보일 수밖에 없잖아요. 전에 만났던 연인을 여기서 만난 건 맞지만(웃음), 다음 인연은 여기서 안 만들려고 하고 있어요. 운명적인 사랑을 기다리고 있습니다. 버스에서 만나거나. [(웃음)너무 순수하신 거 아닌가요? 자만추네.] 카페에서 만나거나, 영화관에서 만나거나. 죽기 전에 한번 이뤄보고 싶긴 해요. 스무 살 때부터 약간 로망이어서. [그런 예상치 못한 장소에서 만나는 게.] 그렇죠. 디테일하게 얘기하면 되게 하찮아 보일 텐데. [괜찮아요.] 조조 영화를 보러 갔는데 그게 또 멜로영화고, 저는 혼자 보러 간 거죠. 근데 혼자 보러 오신 여자분이 있는 거죠. 근데 그 여자분이 또 흡연자시면 영화 끝나고 영화관 흡연 구역에서 같이 담배 피우다가 영화 어떻게 보셨어요(웃음)? [너무나 전형적인 예술인의 로망(웃음).] 그렇죠. 그러면 더 궁금하신 건 없는 거죠? 고생하셨습니다.

절대

후회하지

않아

무언가에 미쳐서 열심히 할 수 있다는 건
어떻게 보면 행운이라고 생각해.
그렇게 하고 싶어도
의욕 자체가 들지 않아서 못하는 사람도 있고
열심히 하고 싶은데
그거 한 가지에 미칠 여력이 없는 사람들도 있고.
나는 그래본 적이 없어. 그래서 하고 싶어.

2022년 2월

Q. 본인 소개를 해주세요.

A. 저는 올해 스무 살이고요. 소개를 하라면 뭘 해야 할지 잘 모르겠는데, 취미는 음악 듣기, 만화 보기, 그리고 음악 들으면서 사색에 잠기는 게 취미입니다.

Q. 본인의 최초 기억이 있으신가요?

A. 최초의 기억은 다섯 살 때부터 딱 기억을 하는데, 유치원에서 빨간 안경 파란 안경 노래를 부르는 나의 모습? 그러다가 화장실에 가고 싶어서 교실에서 나와서 화장실에 갔어. 그게 최초의 기억이야.

Q. 요즘에는 기분이 어때?

A. 요즘? 뭔가 괴로운데. 왜냐하면 대학을 가야 한다는 생각에 좀 괴로운데, 나는 원래 괴롭고 슬픈 일이 있으면 살짝 회피하는 스타일이라서, 지금 뭔가 응어리가 쌓인 것 같은데 회피하고 있는 중이라서 겉으로는 밝게 행동할 수 있어. 그런 상태야.

Q. 근 한 달간 대체로 뭘 했고 어떤 기분이었는지?

A. 그냥 아르바이트랑, 그리고 서울에 가서 놀았어. 그거 말고는 딱히 없는 것 같아. 그리고 어떤 기분이었냐고? 모르겠어. 좋았다가 나빴다가 되게 왔다 갔다 해. [특별한

이유 없이?] 응, 그리고 이유 없이 좀 불안할 때가 가끔 있었어. 왠지 모르겠다.

Q. 음… 귀찮은 것이 있는가?

A. 토익 공부를 시작해야 하는데 굉장히 귀찮고, 그리고 JLPT 공부도 하다가 지금 안 하고 있는데 그걸 시작하기가 귀찮고. 기숙사 짐을 싸야 한다는 사실이 굉장히 귀찮아. [다들 현실적인 얘기네. 현실에 기반한 얘기들.]

Q. 싫은 사람이 있음?

A. 많지~ [많아? 누가 싫어?] 고등학생 때 사이가 안 좋던 친구였는데 이번에 알바를 할 때 편의점에 걔가 온 거야. 그래서 너무 놀랐는데, 걔가 나를 뚫어져라 쩨려보면서 물건을 고르는 거야. 너무 빡쳐가지고, 근데 나는 사람이 쩨려보면 나도 쩨려보긴 하는데 그 사람이 눈을 안 피하면 나는 뭘 해야 될지 모르겠어. 그냥 나는 눈을 피해. 아무튼 걔가 계산할 때도 나를 계속 뚫어져라 쳐다보면서 계산을 했는데, 걔가 나가고 나서 굉장히 기분이 좋지 않았어. [그렇겠다.] 왜 싫으냐면 걔가 여자애들 얼평 몸평을 너무 많이 했고. 쟤 골반이 넓다, 발목이 얇다 이런 식으로. 남의 몸을 되게 구석구석 보는구나 이런 생각이 들어서 걔 앞에 있으면 괜히 신경이 쓰이고

불편했다. [싸웠음?] 싸우진 않았지. 그냥 싫어했어. 내가 개를 싫어하니까 개도 나를 좋게 생각하지 않는 것 같아. 그리고 맨날 자기 예쁘다는 식으로 얘기를 많이 해서 그게 좀 별로였다. 크게 잘못을 한 건 없는데 그냥 내가 너무 싫어하는 스타일이었다. [또 싫은 사람 있음?] 그 사람 말고는 딱히 생각이 안 나.

Q. 노래 뭐 들음?

A. 노래? 그것도 인터뷰에 들어가 있는 거야? [아니, 그냥 궁금해서. 아까 노래 듣는 거 좋아한다고 해서.] 일단 내가 트위터에 플리를 올려둔 게 있는데 거기 있는 노래들 좋아하고. 그거 말고도 되게 많은데, 내가 최근에 음악 듣는 거를 스포티파이에서 유튜브로 바꿨거든. 그래서 노래가 날아가버려서 다 기억이 나진 않는데, 일단 내가 제일 좋아하는 노래는 〈올드보이〉 OST랑, 그리고 그거 좋아해. '사요나라'라는 노래인데, 들으면 엄청 기분이 우울해지는 듯하면서도 그런 느낌이 들어서 좋아하는 것 같아요. [오, 대체 뭘까?] 나는 가사 없는 노래 좋아하거든. [클래식 같은 것도 들어? 들어? 오, 교양 있는데.] 조금밖에 안 들어. [멋있다.] 쇼팽의 '겨울바람'이었나. [지하철에서 나오는 거?] 아니야(웃음)~ 무슨 소리야~ [아님 말고(웃음).]

Q. 현재를 기준으로 가장 의미 있었던 사건이 있나요?

A. 있는데 얘기하기가 좀 민감한. 어… 엄마랑 싸웠어. 내가 수능에서 미끄러졌어. 그래서 우울증 비슷한 게 와서 한 이틀 동안 집에서 밖에서 계속 울었어. 근데 알바도 원래 수능 끝나자마자 구하려고 했는데 열아홉 살이니까 계속 떨어지는 거야. 그것도 있었고 수능을 망친 것도 있었고, 그거 말고도 하고 싶은 게 되게 많았거든. 수능이 끝나면 내가 뭘 할지 리스트도 만들어두고 그랬단 말이야. 끝나면 JLPT 책을 사고 염색도 하고 옷도 사고, 서울 여행도 원래 수능 끝나고 바로 가고 싶었는데 2월이 돼서야 겨우 갔잖아. 하고 싶었는데 할 수 없는 게 많으니까 너무 스트레스를 받았어. 그래서 엄마한테 염색을 하고 싶다고 이야기를 했거든. 근데 이게 좀 유치할 수도 있는데, 엄마가 안 될 것 같다는 거야. 염색을 왜 하냐는 거야. 사실 우리 집이 돈이 많은 편이 아니야. 그래서 염색을 미용실 가서 하면 비싸니까 나중에 하면 안 되겠냐고 얘기를 했어. 근데 스트레스를 많이 받은 상태였는데 뭐든 다 안 되고, 돈이 없어서 할 수 있는 게 하나도 없는 거야. 알바도 안 뽑히고, 그러니까 너무 쌓여 있다가 갑자기 터져서 울었어. 근데 엄마가 무슨 염색 안 시켜준다고 우냐고. [아닌데, 그게 아닌데.] 그래가지고, 아, 왜 이러지. 그때 그래서 힘들었어(울음). 나 왜 이래.

[괜찮아.] 재수도 하고 싶은데 돈이 없어서, 그래서 그것 때문에 힘들어서 우니까 엄마가 약간 너는 정신에 문제가 있는 것 같다, 정신과에 가보라고 얘기를 했었어. 지금은 알바도 뽑혔고 대학도 마음에 안 들지만 뽑히긴 했고, 그래서 이제 가면 되는 건데 사실 원했던 게 아니니까 굉장히 행복하지는 않아. 암튼 그래. 다음 질문은?

Q. 다음 질문? 본인의 인간성에 대해 떠오르는 것?

좀만 쉬었다 해도 돼.

A. 인간성? 모르겠어. 약간 뭔가 쌓였을 때 바로 터지는 게 아니라 쌓아두다가, 한계가 될 때까지 쌓아두다가 갑자기 쓸데없는 데에서 톡 건드리면 바로 터지는 거야. [나도 예전에 막 머리 자르고 울었어.] 그래서 엄마가 나를 이상하게 보는 거야, 갑자기 염색 안 시켜준다고 우니까. 나는 그냥 내 마음대로 되는 게 하나도 없어서 힘들어서 울었는데, 가족들은 쟤 왜 저러지 이럴 것 같아서 힘들었어. 그래서 엄마가 정신과를 좀 가봐라(웃음). [어머니 입장도 이해 가고 너의 입장도 그렇고.] 어우, 왜 이래(울음). [힘들었으니까 그렇지 하고 생각해. 한국 수험생이 수능을 마음에 드는 점수만큼 못 얻었을 때 상실감이 얼마나 큰지 알기 때문에, 이해한다. 재수를 해봐서 안다.] 정말 죽고 싶네. [왜~ 안 돼. 그럴 때 노래를 들어야 하는데.] 몰라. 그게 벌써 3개월 전인데 갑자기

이렇게 또 눈물이 나는 거 보니까 아직 해결이 안 된 거. [진짜 서러워서 그런 걸 수도 있어.] 이제 합시다. [해도 되나요?]

인간성은, 너무 안 좋다고 생각합니다. [왜죠?] 그냥 난 딱히 좋은 사람이 아니라고 생각해요. [왜?] 나는 오래가는 관계가 별로 없어요. 짧게 짧게 만나고 끊어지는 그런 관계가 좀 많았어요. 그리고 겉으로는 티를 안 내더라도 속으로는 뭔가 해서는 안 될 생각들을 많이 하는 것 같은 느낌? [해선 안 되는 생각이 뭐야?] 뭐, 죽이고 싶다거나. [그래도 일상생활 중엔 티를 안 내잖아. 그럼 되는 거 아닐까.] 티를 웬만하면 안 내려고 하는데 결정적인 상황에서는 티가 나는 것 같아서. 그리고 뭔가 하고 싶은 말을 잘 참지 못하는. 그래서 나를 싫어하는 사람도 많았을 것 같아. 아무튼 좋지 않다고 생각합니다.

Q. 사람들이랑 같이 있을 때랑 혼자 있을 때랑 어떤 게 더 기분이 좋으세요?

A. 혼자. [이유가 있음?] 혼자 생각에 잠겨 있는 거 좋아해요. [무슨 생각해?] 온갖 생각(웃음). 앞으로 뭘 해야 할지, 아니면 과거에 있던 추억들이라든가 과거와 지금의 징크스에 대해서 떠올린다고 해야 하나. 나의 성격에 대해 생각한다거나. 그런 식으로 다른 사람 생각도 많이 해. 주변에 있는 사람들 생각도 많이 하고. 그 사람은 나를

어떻게 생각하고 있을까? 걔라면 이렇게 하지 않을 텐데, 걔라면 어떻게 했을까 이런 생각?

Q. '요즘 사람들' 하면 어떤 분위기나 느낌이 떠오르시나요?

A. 너무 가볍고 속이 비었어. 속빈 강정. [어디서 그런 걸 느꼈는데?] 뭔가 요즘 사람들은 다 너무 천박하고 가볍고 힘든 일을 안 겪어서 그런가, 잘 모르는 것 같아요. 근데 본인은 되게 사연 있고 생각 깊은 사람이 되고 싶어 하는데, 그게 아닌 것 같아요. 생각이 많아지고 싶은데 생각이 없는 그런 사람들이라고 생각해. 쓰는 단어라든가 지식 수준이라든가, 하나같이 너무 가볍고 경박해져가고 있는 느낌을 받아. 감정 표현 같은 것도 너무 1차원적으로 한다고 해야 할까, 어른들이 어른스럽지 않은 느낌을 많이 받아. [감정 표현은 어디서 느꼈는데? 감정 표현이 1차원적이라는 게 뭘까?] 난 어휘력이 딸려서(웃음), 아무튼 그런 느낌을 받았는데 표현이 잘 안 되네.

Q. 그렇군. 뭔가 가볍고 경박한 느낌.

그러면 요즘 뜨는 키워드라고 할까, 그건 뭐가 있을까?

A. 뜨는 키워드? '감성'? [맞다, 감성. 감성 이상으로 사람들이 자기 내면을 설명을 못하지.] 감성 카페, 감성 술집(웃음). [감성 하나도 없거든, 그런 데 보면.] 양산형 감성. 요즘 사람들은

그냥 자기만의 것이 없는 것 같다는 느낌을 많이 받아.

Q. 흥미롭군. 그러면 요즘 사람들은
   요즘 사람들을 어떻게 생각할까?

A. 나는 일단 그렇게 생각하는데. 나는 요즘 사람들이 너무 가볍고 어른이 어른스럽지 않다는 생각을 많이 해. 나이에 비해 나잇값을 못한다는 생각을 하지만, 다른 사람들은 어떻게 생각할지 잘 모르겠어.

Q. 과정이 있고 결과가 있잖아. 어떤 게 더 중요하다고 생각해?

A. 결과. [왜?] 진짜 결과가 다니까. [왜 그렇게 생각해?] 일단 수능부터 생각해보면 내가 얼마나 공부에 투자를 했고 얼마나 열심히 했는가는, 수능에서 5등급 나와버리면 그냥 끝이야. 좋은 대학 못 가잖아. [그렇게 따지면 그렇구나.] 내가 지잡대를 가놓고 '나는 공부를 하루에 12시간씩 했는걸요'라고 해봤자 아무 의미가 없지. 그래서 나는 결과가 가장 중요하다고 생각하고, 과정을 통해 얻는 것도 있긴 하겠지. 내가 공부를 열심히 하면서 뭔가에 열중하는 힘이라거나, 후회 없이 뭔가를 해봄으로써 얻은 것이라거나, 그런 건 있겠지만 그래도 일단 중요한 건 결과라고 생각합니다.

Q. 평소에 가족이 보고 싶어? 아냐?

A. 나 사실은 고등학교 2학년이랑 3학년 때 할머니 집에서 살았어. 근데 딱히 가족이 보고 싶다거나 엄마가 보고 싶다는 생각은 한 적이 없는 것 같습니다. [사이가 나쁜 건 아닌데 그냥?] 응, 딱히 애착이 없어. 좀 그런 편이지. [보통 사이가 안 좋다거나 틀어졌다거나 하는데, 잘 지냈는데도 크게 생각이 안 들었다? 신기하네.] 애착이 없어.

Q. 혼자서 생활하는 것에 대해서 어떻게 생각해?

A. 좋다고 생각했는데, 나는 생각이 너무 많은 사람이라서 너무 오랜 기간 혼자 있으면 상태가 안 좋아지는 것 같아. 너무 깊게 파고드는 성격이어서 혼자서 집에 가만히 틀어박혀 있는 건 나한테 좋지 없다, 그래서 혼자 있을 때는 가능하면 밖에 돌아다니려고 해. 난 그런 편이야. 그냥 밖에서 걸어다녀. 어제도 그랬어. [그러면 좀 나아져?] 우울감에 빠지지 않는 것 같아. 주변 관찰하는 거 좋아해. [뭐 관찰해? 나무 이런 거?] 아니, 사람들 말투, 말소리, 어떤 옷을 입는지 어떻게 걸어가는지, 나 말고 다른 사람들은 저렇게 걷는구나 하고. 그리고 가능하면 어딘가에 갔을 때 그곳의 향이라든가 느낌이라든가 그런 걸 머릿속에 담아두려고 하는 편이야.

Q. 열심히 한다는 것에 대해서 어떻게 생각해?

A. 좋은 거지. 무언가에 미쳐서 열심히 할 수 있다는 건 어떻게 보면 행운이라고 생각해. 그렇게 하고 싶어도 의욕 자체가 들지 않아서 못하는 사람도 있고. 열심히 하고 싶은데 그거 한 가지에 미칠 여력이 없는 사람들도 있고. 그래서 무언가에 미쳐본다는 거는 굉장히 좋다고 생각해. [너무 좋다. 너는 그래본 적이 있어?] 없어. 그래서 하고 싶은 거야. [예전에 악기 같은 거 배웠잖아. 그런 건 어때?] 너무 좋았어. 연주하면서 즐거웠어. [열심히 하면서. 좋네.]

Q. 즐거움을 분류할 수 있어?

A. 당연하지. [어떻게 분류해?] 마음속으로부터 그냥 재밌다 싶을 때가 있고, 폭발적으로 진짜 너무 신이 나고 기분이 좋은 즐거움이 있고, 뭔가 잔잔한데 묘하게 기분이 좋고 안정감을 느끼면서 즐거워할 때도 있는 것 같아. 안정감 속에 파묻혀서 즐거워하는. 되게 잔잔하게. [오, 역시 생각을 많이 하는 사람이라서 그런지 바로 나오네요. 다른 사람들은 이 질문에 고민 많이 하거든.] 아, 그래(웃음)?

Q. 인생을 한 가지 혹은 몇 가지 기점으로 나눌 수 있는지?

A. 어. [어떻게 나눌 수 있을까?] 솔직히 내가 사주를 너무 맹신하는 게 아닌가 싶지만, 열한 살 때부터 삼재가 있었

어. 그래서 우리 할머니가 나한테 부적을 주면서 너는 차나 물을 조심해야 한다, 그런 얘기를 하셨단 말야. 그 다음에 차나 물보다는 나의 성격에 대한 변화는, 초등학교 고학년 되면 여자아이들은 사춘기 이런 거 오잖아. 난 친구들하고 좀 많이 싸웠고. 원래 고학년 되기 전에는 좀 둔하게 사는 느낌이었는데, 중학생 되는 열세 살 열네 살 이때쯤부터 성격이 예민해지기 시작했다는 걸 느꼈거든. 그래서 나는 기점을 그렇게 나누고 싶어. 열두 살쯤으로 나누고 싶다, 그리고 열여덟 살로 나누고 싶다. 그전과 그 이후로. [왜?] 왠지 모르겠어. 근데 나는 성격이 왔다 갔다 하는 사람이라, 어떨 때는 대화도 되게 잘하고 솔직한 사람이었다가 어떨 때는 너무 소심해지고. 그런 걸 느껴요. 누가 내 스위치를 바꾸는 것처럼 조절이 잘 안 되는 거야. 그래서 나도 내가 어떤 성격인지 사실 잘 모르겠어. 되게 왔다 갔다 하거든.

Q. 누구랑 만나느냐에 따라 달라지는 게 아니라 그냥 너 혼자 바뀌는 느낌이야?

A. 응. 그래서 얘랑 작년에는 친하고 잘 맞았어, 근데 올해 만나니까 갑자기 대화가 안 되고 너무 안 맞아서 뭐지? 혼란스러운 느낌을 받아. 내 성격이 자꾸 바뀌는 것 같아. 왜지? 모르겠어. 아무튼 그랬어. 열여덟 살 때 갑

자기 성격이 바뀌었어. 원래 나대는 거 좋아하고, 내가 말했잖아, 튀는 행동 많이 하고 너무 솔직해서 반감을 많이 사는 그런 사람이었는데, 고2가 되면서부터 좀 조용해졌고. 예전에는 나서고 싶은데 나서면 욕먹을 것 같아서 억지로 절제하는 느낌이었다면 이제는 그냥 못 나서겠는 거야. 그래서 애들도 나 보고 되게 차분한 애라고 생각하는 느낌. 그리고 고1 때까지는 싸우고 사이 안 좋고 나한테 꼽주는 애들도 있고 그랬는데 그 이후로는 사이 안 좋은 애가 없어졌어. 그냥 다 원만하게 대립을 안 한다고 해야 할까. 나도 내가 왜 바뀌었는지 잘 모르겠어. 왜 이런 걸까. [신체적인 컨디션일 수도 있잖아. 피곤하거나.] 그건 아닌데. 음… 사실 성격이 바뀐 이유도 알 것 같긴 해. 차분해진 이유가 코로나 때문에 너무 집에만 박혀 있으니까. 오후만 되면 여기가 좀 아프거든. 뭔지 알아? [명치? 위? 스트레스 받아서 위염?] 아냐, 위가 아니라 갈비뼈, 가슴 가운데가 아파. 나의 울분이거나 부정적인 기운이 여기에 뭉쳐 있는 느낌? 그래서 되게 조용해지고 말이 없어지고. 지금은 조금 나아졌는데 고3 때는 되게 심했던 것 같아. 누가 말하면 뭔가 말을 해야 하는데 생각이 하나도 안 났어. 침울해졌다고 해야 할까, 너무 감정적으로 힘들어서. 밝은 척 연기하기가 불가능해서. 그다음 질문은 뭐야?

Q. 그다음은… 누구를 닮았다는 얘기 들으면 기분이 어때?

A. 좋아. 왜냐하면 대부분 좋은 연예인들을 얘기해줘. 난 박소담 닮았다는 얘기 들어봤고, 박소담 김고은 이런 애들. [하나도 안 닮았잖아요. 일단 쌍꺼풀이 있잖아.] 그리고 또 들어본 거는, 이건 근데 내가 얘기하는 거 아니다? 지인들이 얘기한 거다? 손연재. [손연재?!] 자뻑이 아니고 옛날에 그런 얘기를 많이 들었어. 그래 애쉬비랑 그리고 이번에 네가 얘기한 거는 로잘린? 대부분 굴욕적인 사람들을 얘기하는 게 아니고 좋은 연예인들을 얘기해줘서 난 딱 기분 나빴던 적은 없는 것 같아.

Q. 근데 일각에서는 이렇게 닮았다는 얘기 하는 게
외모에 대한 평가라서 기분 나쁘다 이런 의견도 있잖아.
여기에 대해서 어떻게 생각해?

A. 나는 외모를 평가당해서 기분 나빴던 적은 딱히 없어서. 나는 내가 안 겪어본 건 공감을 잘 못해주는 편이거든. 그거에 대해서는 무슨 말을 해야 할지 잘 모르겠어.

Q. 혼자 거리를 걸으면 어떤 기분이 들어?

A. 너무 좋은데? [너무 좋아? 하긴 너가 항상 하는 일이니까.] 어, 너무 좋고 뭔가 주변을 관찰하면서 걷는다는 게 나에게는 너무 행복한 일이고. 나는 오히려 길 걸을 때는

음악을 안 들어. 음악이 방해된다는 생각이 들기 때문에 머릿속을 조용하게 하고 싶어. [와, 그러면 핸드폰도 안 하겠지?] 어. [완전 도인 아냐? 철학자 아니면 지루해서 어떻게 그걸.] 주변을 보는 게 재밌기 때문에. 예전에는 나 혼자 4km 씩 맨날 걸었던 적이 있어. 너무 좋았어. 주변 풍경을 관찰하는 게 너무너무 재밌었기 때문에. [관찰에 진심인 사람이구먼.] 막상 관찰력은 없어. [그렇게 하다 보면 당연히 늘지.] 보기만 하는 것뿐이야. 그다음 질문은 뭐죠?

Q. 아니 왜 성급하게(웃음). 어떤 행동을 할 때 가장 자연스러운가요?

A. 화낼 때. 난 웬만하면 다 좀 어색한 편인데 남이 짜증나는 일을 얘기하잖아, 그럴 때 공감하면서 화내는 거, 그게 제일 자연스러워. 어떤 애가 나한테 이렇게 했다고 하면 '미친 거 아냐?' 하면서 욕을 좀 해주는 편인데 그때가 제일 자연스러운 것 같아. 화를 내본 적이 많아서, 그리고 진짜 진심으로 우러나는 감정이라서 되게 자연스럽더라고. [원래부터 화를 잘 냈어요? 어렸을 때부터?] 어렸을 때부터 약간 다혈질에 짜증이 많고, 둔하긴 했는데 주변에 둔한 거지 나 자신에 대해서는 굉장히 예민하기 때문에. 크면서 주변에 더 예민해진 것 같아. [신기하다. 화를 잘 낸다는 건 좋은 거 같아.] 그런가? [부조리한 일이 있을 때 얘기를 못하면 답답하잖아.] 막상 그런 상황에서는 화를 잘 못

낼 것 같기도 하고.

Q. 인터뷰가 끝났어요. 기분이 어떠세요?

A. 뭔가 재밌는 것 같아요. [뭐가 재밌어?] 원래 남이 나에 대해 물어보고 대답해주는 걸 좋아해서 재밌었어요. 그리고 나에 대해서 더 파고들어가 보는 그런 기회가 된 것 같아서, 저는 좋은 기회였다고 생각하고 절대 후회하지 않는다. [절대 후회하지 않습니다. 이거 나중에 인터뷰 문구로 써야겠다.]

가능성은
　　보이는데
실현을
　　안 하는
　　사람

귀찮은 것? 사는 게 귀찮은데?
많은 것에 의욕을 느끼지 못하거든요.
가끔 꽂히는 일에 추진력을 보일 때가 있는데
그건 정말 드문 일이고요.
아무것도 안 한다고 할 시간이
진짜 의외로 많아요.
그래도 가끔씩 띠리링 하는 영감을 받으니까
일을 저지르려고 하죠.

2023년 4월

Q. 본인 소개를 해주세요.

A. 저는 인류애를 믿는 사람입니다. 사람들이 저마다 가지는 가능성, 그들이 만드는 상호작용의 아름다움, 그런 것들을 믿고 사랑하는 것입니다. 이런 가치들을 좋아하니까 이런 것에 관련된 일을 하고 싶다 그런 생각을 하고 있고요. 그래서 뭐, 창작에 관련된 것들을 하고 있고, 지금은 밴드를 구하고 있고, 그렇습니다.

Q. 요즘은 기분이 어떠신가요?

A. 일이 없어서 생활패턴이 좀… 최근에 퇴사를 해서 기분이 잠깐 좋았는데 그 직후에 진짜 하는 일이 없다 보니까 생활패턴을 바로 망쳤어요. 그래서 그렇게 좋지 않네요. [왜 그렇다고 생각하시죠?] 하는 일이 없으니까. 그래서 새로운 일을 해보려고 밴드 인원을 구하고 있죠.

Q. 근 한 달간은 대체로 뭘 했고 어떤 기분이 들었나요?

A. 회사 다닐 때는 뭐, 별일 없었고 애초에 일을 수상하게 잘했거든요. 콜센터 일이었는데 의외로 저한테 잘 맞았어요. 딱히 스트레스도 없었고 업무적으로도 좀 인정을 받았는데, 문제는 제가 생활패턴을 잘 못 지키는 사람이라는 거죠. 지각을 40% 정도 받았습니다. [몇 분 정도 지각을 하셨는데?] 5분 이내일 때도 있고, 20분 30분일 때

도 있고. 아무튼 그렇게 돼서 쌤쌤이 된 거죠. 그리고 일기간이 끝나서 나왔고요. 그리고 또 최근에는 밴드를 구하고 있으니까 일희일비하는 느낌이긴 한데, 안 좋긴 한데 그렇게 안 좋지는 않습니다. 그전에 최근에 준비하던 지원사업에 떨어져서 기분이 나빠졌다는 얘기가 빠졌네요. 몇 주 동안 준비했던 공연이 있었는데 지원사업을 따야 실현할 수 있는 기획이었어요. 그걸 위해서 이것저것 조언도 구하고 사람들한테 컨택도 하고 그랬는데, 결국 떨어져서 못하게 됐어요. 그래서 좀 절망해 있었죠. 그래서 기분이 안 좋았던 것 같고. [그거 빼면 나름 평탄한 정도?] 네, 쏘쏘.

Q. 좋습니다. 다음으로 근 한 달간 만났던 사람 중에 가장 인상 깊었던 사람을 말해주세요.

A. 누구누구 만났지? 카톡 좀 볼게요. (…) 네, 최근에 이력서를 썼는데 국내 인디 기획사, 매니지먼트 그런 회사예요. 마침 아는 친구가 거기서 일해서 회사에 관련된 얘기 간단하게 들었어요. 회사 분위기에 대한 얘기 듣고 나니까 그런 회사에서 일하고 싶다, 아까 말했던 음악업계 창작에 관련된 일을 해보면 좋겠다는 생각이 들어서 이력서를 열심히 썼죠. 그 친구랑 이야기하면서 사내 느낌이나 음악 산업이 돌아가는 얘기 그런 거 들으니까 흥

미로웠죠. 나중에라도 비슷한 계획이 있거나 비슷한 회
사에서 사람을 뽑거나 하면 다시 한 번 써볼 수도 있을
것 같고. 아직 결과가 나온 거 아니지만, 그럴 것 같네요.
이거 말이 정리하기 어렵겠는데, 헛소리해서. [뭐, 그대로
옮겨 적으면 되니까. 그럼 그분과 만나서 뭐 했나요? 말 그대로 대
화?] 네, 차 마셨죠. 여기 지원할 건데 어떤 느낌이냐. 원
래 저는 전산을 전공했는데 전산 쪽에서는 이직하기 전
에 아는 사람이 있거나 인맥이 있으면 그 회사에 대해서
물어보고 그런 게 흔하거든요. 다른 업계도 비슷하겠지
라고 생각해서 해봤고.

Q. 현재를 기준으로 가장 의미 있었던 사건이 있나요?

A. 지금까지 있었던 일이라면, 솔직히 최근의 행동이
나 경향에 영향을 주는 건 밴드 해체예요. [밴드를 만들었
어요?] 있었죠, 원래 하던 게. 아, 다른 얘기하죠. 너무 슬
픈 얘기라서 안 돼요. 최근에 흥미로웠던 일이라면 공연
기획이 흥미로웠죠. 22년 11월에 공연을 하나 열었는
데, 50명쯤 유료관객이 왔고 20명쯤 초대하거나 지인들
로 채웠고, 흥행했다고 볼 수 있죠. 재미있었습니다. 그
일로 성공을 좀 맛봤기 때문에 이후에 다시 공연 기획을
하게 된 느낌도 있는데, 그것은 아까 말했다시피 망해가
지고 절망의 구렁텅이에 빠지게 됐고.

Q. 귀찮은 것이 있나요?

A. 귀찮은 것? 사는 게 귀찮은데? [왜요?] 많은 것에 의욕을 느끼지 못하거든요. 가끔 꽂히는 일에 추진력을 보일 때가 있는데 그건 정말 드문 일이고요. [그럼 대부분의 시간은 그냥 귀찮은 채로 보내는 건가요?] 그렇죠. 아무것도 안 한다고 할 시간이 진짜 의외로 많아요. 그리고 아무것도 안 한다는 게 심신의 안정에 좋기도 하고요. [그건 맞다.] 그래도 가끔씩 띠리링 하는 영감을 받으니까 일을 저지르려고 하죠. 그래서 하는 일이 최근에는 밴드 같은 일이었고 공연 기획 같은 일이었고, 그 외에도 글을 쓴다거나 그림을 그리거나 상상일 수도 있겠고, 아무튼 이것저것 가끔씩은 시도를 합니다.

Q. 본인 최초의 기억은?

A. 아무래도 유년기에 있었던 기억이겠죠? 유년기의 기억이 뭐 있을까? 음… 어렸을 때 서울 지하철을 탔던 기억이네요. 장소는 아마 서울랜드? 친척들, 사촌누나분들이 데려다주고 같이 놀아주고 그런 내용이었던 것 같은데, 왠지 모르지만 서울 지하철에 대한 기억이 있네요. [서울 지하철, 낭만적이군요.] 서울랜드에 갔던 사유로 〈미술관 옆 동물원〉 그런 영화를 좋아하기도 하고. 그래(웃음), 롯데월드나 에버랜드보다 서울랜드가 호감이라고

하면 이상한 사람 취급받겠지. [왜 호감이죠?] 그냥 나는 거기를 갔으니까, 왜냐하면 친척들이 과천 그런 쪽에 살았으니까. [단지 그 이유만으로 호감이다.] 네, 나는 어렸을 때 거기 갔으니까 거기가 호감이야. 썩다리 같지만 그래도 호감이야. 그 시대에도 이미 한물 간 느낌이었지만 그래도 호감이야.

Q. 싫은 사람이 있나요?

A. 싫은 사람이라면 본인이라고 생각하네요. [본인? 왜요?] 저는 솔직히 많은 것들에 가능성은 보이는데 딱히 실현을 안 하는 사람이거든요. [그 말이 너무 슬프고 공감이 가네요.] 네, 글도 나름 느낌 있다, 잘 쓴다는 얘기도 듣곤 하는데 결국 일반인이 잘 쓰는 수준에서 넘어가지 않고 있고요. 왜냐하면 그 이상으로 열심히 쓰지 않으니까. 또 그림 같은 것도 어렸을 때 그냥 쓱쓱 전체적인 형태를 보면 남들보다 잘 그렸는데, 이것도 그냥 내가 그리고 싶은 거 가끔 그리는 것에 만족하니까 발전을 안 시켰고요. 음악이 그나마 관심이 있긴 한데, 그럼에도 연습을 그렇게 꾸준히 하는 사람이 아니니까 그렇게 발전 속도가 빠르지 않고요. 이런 것들을 보면서 아 이 사람 참… 한숨만 쉬어지는구나. 어떻게 되려고,라는 느낌밖에 안 드네요.

Q. 너무 공감이 가서 제가 뭐라고 할 말이 없네요.

그거 말곤 없어요, 싫은 사람? 유형도 괜찮은데.

A. 싫은 사람 유형? 음, 도련님이나 아가씨를 싫어하는 편이죠. 그런 사람들이 보통 끼리끼리 놀려고 한다, 그런 느낌 있잖아요. [도련님과 아가씨의 기준이 뭐예요?] 집에서 오냐오냐 하며 자랐거나 아니면 집에서 여러 케어를 받으면서 자랐거나, 집이 많이 부유하거나 그런 식으로 그냥 은근히 부러워지는 것들 있잖아요. 가정환경에 좋았던 것들이 있는 사람들, 그런 사람들이 또 그런 사람들끼리만 놀려고 하고, 그런 걸 좀 싫어하는 느낌이 있죠. [그건 그들이 의도한 게 아니지 않을까요? 그냥 자연스럽게.] 그런 느낌이 있죠. 그런데 그걸 의도하고 컷하는 사람들도 본 적이 있어서, 그래서 도련님과 아가씨를 좀 꺼리는 느낌이 있는데, 근데 주변에서 많이 만나게 되는 유형은 아니니까 그냥 살죠. 그냥 부러워서라고 할 수도 있겠네요. [부러워서. 부러움이 꼭 그렇게 나쁜 감정은 아니지 않을까?] 그래, 정확히 짜증나는 지점은 이거네요, 그들이 당연하게 생각하는 것들을 못 갖춘 사람들도 있다는 걸 이해 못하는 사람들이 있어요. 그래서 도련님과 아가씨라고 한 것 같네요. [음, 그야말로 귀족이네요.]

Q. 본인의 인간성에 대해 떠오르는 게 있으신가요?

A. 인류애죠. 지금이야 젊으니까 할 수 있는 거긴 하지만 많은 사람들을 만나려고 하고 그들과 상호작용하는 걸 즐기고, 사람들이 가지는 가능성을 믿고 있는 편이고. [착하시네요.] 아뇨. 그냥 일 벌이는 걸 좋아하는 사람이고, 좀 방관자인 느낌도 있죠. 그냥 사람들이 그러는 게 즐거우니까 보고 있는 느낌도 있어요. [그게 인류애 아닌가? 사람들이 즐거워하는 걸 보기만 해도 좋아하는 거잖아요.] 그렇기도 한데 뭐랄까, 일부러 실험적인 상황으로 몰아가는 그런 상황도 있거든요. 그들이 뭔가 하는 걸 보기 위해서 일부러 주사위를 굴려주거나 그런 느낌, 등 떠밀거나. 그런 걸 싫어하는 사람도 있더라고요. 부담이라고 느끼는 경우도 있잖아요.

Q. 사람들이랑 같이 있을 때가 있고 혼자 있을 때가 있잖아요. 직관적으로 어떤 게 더 기분이 좋으세요?

A. 저는 같이 있을 때가 더 나은 편이에요. 그런데 그렇게 많은 규모는 아니고 한 네다섯 명일 때, 그러니까 흔히 말하는 밴드 사이즈일 때 편해지는 느낌이 있죠. 그래서 밴드에 집착하는 영향도 있죠. 그게 그 정도 인류애지. [(밴드가) 네다섯 명이면 많은 거 아니에요?] 근데 그것보다 더 많은 인원을 원하기도 하고요. 제가 하고 싶은 밴

드는 7~8인 정도 구성이거든요. 음악 장르 때문에. [장르가 뭔데요?] 챔버팝이라고 일반 밴드에 클래식 악기들 스트링이나 아니면 관악기, 목관 금관 그런 걸 쓰는 장르가 있거든요. 그런 걸 하고 싶은데 그러려면 일단 밴드에 기본적인 악기들이 몇 개 있어야 되겠고, 거기에 추가로 편곡을 위한 악기들이 얹어지는 거니까, 인원수가 많아야겠죠. 복작복작해야 되겠고요. [그렇군요.] 그래, 너무 많은 사람들보다는 적당한 친한 사람들이 좋다. 그런 사람들 속에 있는 게 좋다.

Q. 혼자 있는 건 어떻게 생각하시는데요?

A. 혼자 있으면 혼자 있는 거고 같이 하면 같이 있는 거고, 딱히 그것에 대해 비참하다고 느끼지는 않는데, 일단 생활패턴에 어려움이 있어서 저는 누군가랑 같이 살거나 그래야 할 것 같아요, 미래엔. 혼자 있으면 진짜 아무것도 안 하거든요. 예를 들어 방청소를 개같이 안 한다거나 아니면 밤낮이 없는 생활로 산다거나 아니면 회사에 다니면서 지각을 수십 번씩 한다거나 그런 사례들이 있었기 때문에 혼자 살더라도 주변에 지인이 있거나 그런 형태가 돼야 할 것 같은데. 나를 감시해주길 원하는 것도 있고. 저는 누가 등 떠밀면 뭐라도 하는 사람이거든요. 제가 누구를 등 떠미는 건 너도 나를 등 떠밀어

라, 내가 너를 믿는 건 너도 나를 믿어라 그런 느낌으로 하는 거죠. [은근히 계산적인 면이 있군요.] 그렇죠. [은근히 외향적이실 수도?] 그럴 수도 있죠. 기회가 안 주어졌을 뿐.

Q. 현재 역할에는 만족하세요?

A. 맡고 있는 역할이 없는 것 같은데? 일단 백수잖아. [백수라고 본인을 정체화시키는군요.] 일단 뭘 창작한다고는 할 수 있죠. 근데 그게 자본으로 환산이 안 되면 전 백수라고 보거든요. 네, 백수입니다. [그렇게 말하니 너무 슬퍼지네요. 내가 외면해왔던 진실을 마주하는 것 같아서.] 아이, 이것(인터뷰)도 하고 있잖아요. 백수 아니지. [이걸로 어떻게 자본이 창출되나요? 물론 나중에 책으로 낼 계획이긴 해요.] 그러니까 프리랜서 편집자 그런 느낌으로 볼 수 있잖아요. [그런가? 일단은 오케이, 그 말을 하시니까 또 위로가 되네. 빨리 책을 내야지.] 질문이 본인 포지션이 뭐라고 생각하느냐였죠. 결국 하고 싶은 포지션이라고 하면 뭔가를 조율하는 입장, 그러니까 중재하는 입장이 되고 싶다는 감이 있고요. 그런 입장이 있어야 남들이 어떻게 굴러가는지 보기 편하고, 그걸 조정해주고 하는 게 재밌어 보이니까. 예를 들어 밴드에서는 서로 안 싸우게 하고 이견을 맞추는 타입, 링고 스타 같은 타입을 원하고 있고.

Q. 과정과 결과 중 어떤 게 더 중요하다고 생각하세요?

A. 최근에 이력서를 쓰면서 이것에 대해 좀 고민한 게 있는데, 결과를 꾸준히 내기 위해서는 과정이 중요한 거니까 음… 뭐라고 썼더라, 잠깐만 볼게요. 그때 정리를 열심히 했던 기억이 나거든요.

저는 많은 분야에서 초심자의 행운 그리고 낮은 단계에서의 빠른 숙련 그런 걸로 '너 이거 한 지 얼마밖에 안 됐는데 이렇게 잘해?'라는 걸 많이 겪어왔거든요. 그런데 그 정도 소소한 결과는 딱히 의미 있는 결과가 아니잖아요. 그래서 저는 과정이 중요하다고 생각해요. 과정이 꾸준하고 지속되어야 좋은 결과를 내니까. 그리고 이렇기 때문에 팀 단위나 회사 단위로 일해보고 싶은 것이기도 한데, 제가 혼자서 정리해놓은 과정보다 여러 사람이 뭉쳐서 진행해온 과정이 더 굳건하고 강인할 것이기 때문이죠.

Q. '요즘 사람들' 하면 어떤 분위기나 느낌이 떠오르세요?

A. 낭만이 죽었죠. [낭만이 죽었다, 낭만의 상실. 왜요?] 일단 요즘 숏폼이 많이 소비되는 것도 그렇고, 짧은 자극이 소비된다는 것 자체가 긴 여운이나 긴 과정 속에서 오는 긴장과 고조 그런 게 다 외면되고 있다는 소리잖아요. 그런 게 싫어요. 저는 잠잠했다가 또 찰랑였다가 많

은 파장을 일으키는 진행 혹은 상태가 변하면서 오는 높낮이의 차이 같은 것도 즐기는 사람이거든요. 근데 요즘 추세가 한 획 착 긋고 강인한 인상을 주는 게 목표처럼 되어가니까, 그게 조회수가 나오니까 좀 싫죠. 한 가지가 강조되는 게 싫다.

Q. 조화를 중시하는 편이신가요?

A. 그렇죠. 조화를 중시하는 편이죠. 예를 들어 엔터테인먼트라고 해도 아이돌 몇 명이 눈에 띄고 그들이 주는 것들을 사람들이 좇는 거지만, 그 과정에서 수십 명 수백 명의 사람들이 머리를 굴리고 이건 이렇게 해야 돼 저렇게 해야 돼 상의해서 낸 결과란 말이죠. 그렇기 때문에 조화가 중요하다고 생각하고. 그런데 문제는 그런 사람들이 자본을 위해서, 조회수 많은 관심을 위해서, 작은 한 순간을 위해서 모이기 때문에 결과물들이 다 내가 싫어하는 방향으로 가고 있다. 그건 좀 싫으네요.

Q. 가족이 보고 싶으세요?

A. 딱히요. [가족과 그렇게 친한 편이 아닌가 보네요.] 딱히 싫어하는 것도 아닌데 당장 내가 원하는 걸 주지 않으니까. [원하는 게 뭔데요?] 보통의 가정적인 안정 그런 걸 줄 수 있는 사람들이 아니었고요. 저도 그 사람들이 요구하

는 심리적인 인정 그런 걸 해줄 수 있는 사람도 아니었고요.

Q. 그럼 보고 싶은 사람은 있어요?

A. 많죠. 예전 선생님이라든가 아니면 예전 친구라든가. (보고 싶은) 사람들은 많은데 대부분 제가 연락하기 번거로워서라든가 부담으로 느낄 것 같아서라든가 그런 식으로 밀어두는 느낌이기도 하고. 또 많은 사람들은 지나간 것들에 관심 갖지 않잖아요. 나한테는 인상 깊었어도 그들한테는 아닐 수 있다는 계산이 마음속에 남아 있으니까. 저는 그 사람을 생각해도 그 사람은 날 생각하지 않는 게 맞으니까. 가끔 생각할 수 있어도 때와 장소가 맞아야겠죠. 그래야 서로에게 좋은 결과를 낼 테니까 딱히 연락하거나 그러진 않네요. 가끔 시도하긴 하는데 지금까지는 딱히 좋은 결과를 만들지 않았기 때문에 요즘엔 약간 회의적이 되었네요. 시도를 하는 것에 대해. [인간관계에서 그런 경험을 많이 하셨나요?] 좋은 경험으로 남았던 것들은 있는데, 다시 불러올 만한 정도까지는 별로 없었거든요. 지금도 어리지만 그때는 제가 더 어렸으니까 그렇기 때문에 쌓을 수 있었던 경험이었고, 그때였으니까 받아들여지는 것들이 있잖아요. 모자란 짓 해도 어리면 이해되고 그런 것들. 그런데 그 이후로 저는 딱히

변한 게 없는 것 같은데 그 사람들은 많이 변했으니까.
[그렇다고 그 사람들이 님을 안 좋아하진 않을 거 아니에요.] 안 좋아하진 않아도 딱히 더 좋아할 이유는 없죠. 보통은 자주 만나고 연락하는 사람들이랑 더 친해지려고 하지, 안 만나는 사람과 친해지려면 계기가 필요하니까요. [근데 친구들도 여러 단계와 애정도가 있는 거 아닌가? 꼭 그렇게 자주 만나던 사람이 아니더라도 연락 가능한 사이로 남을 수도 있잖아요.] 그렇죠. 그럴 수도 있고 나중에 그렇게 될 수도 있긴 한데, 당장은 제가 찾거나 그러진 않으니까. 이거 좀 미심쩍네. [왜 미심쩍어요?] 표현이 잘되는지 모르겠어. 그러니까 그냥 요약하자면 과거의 인간관계에 대해 가끔 붙잡아본 적도 있다, 주사위도 굴려봤다, 그런데 딱히 잘 안 됐다, 그래서 요즘은 안 굴린다. 그런 내용이죠. [오케이, 잘 이해했습니다.]

Q. 즐거움을 분류할 수 있나요?

A. 분류할 수 있긴 하지만 한 가지로 묶는 편인데. [어떻게 묶죠?] 도파민의 생성으로 묶는 편이죠(웃음). 제가 몰입할 수 있는 일은 보통 도파민이 쫙쫙 나오는 일이거든요. 무슨 일을 벌인다거나 아니면 무슨 결과가 나왔다거나. 분류한다면 여러 파트로 나눌 수 있고 어떤 사람들과 하고 있다는 걸로 나눌 수도 있고 어디서 했냐 이렇

게 나누긴 하는데, 결국 나한테 자극적이고 재밌었냐 그게 즐거움으로 남아서 하나로 뭉치는 것 같네요.

Q. 열심히 한다는 것에 대해서 어떻게 생각하세요?

A. 좋은 일이고 멋진 일이죠. 근데 나는 못할 것 같아. [근데 아까부터 본인은 못하겠다고 얘기하시는데, 이유가 있나요?] 살면서 한 가지를 꾸준히 해온 적이 한 번도 없거든요. 그럴 만한 사유도 있다는 걸 알기도 하고요. 일단 질병이 있으니까. 저는 ADHD라는 경우인데, 그 사람들은 자신이 몰입할 수 있는 게 아니면 아예 집중을 못하는 경향이 있거든요. 그래서 꾸준히 하는 것에 대해 어려움이 있죠. 아까 말했다시피 도파민이 안 나오는 일이면 꾸준히 못해요. 그런데 모든 일이 도파민이 항상 나오는 게 아니잖아요. 그래서 못하게 되죠(웃음). [도파민은 갈수록 사라지죠.] 그러니까요. 그래서 초심자일 때는 매우 열심히 하고 과한 몰입도를 보이는데 조금만 지나도 빠른 속도로 시들어가니까 뭘 꾸준히 못하고 지속하지 못하고. [그게 ADHD 특인가요?] 특이죠. [그렇구나. 신기하네.] 왜요, 비슷한 사람 있었어요? [제가 그래서요.] 콘서타 드세요? [열아홉 살 때 먹었는데 너무 안 맞아서 안 먹었고.] 안 맞으면 큰일이죠.

Q. 인생을 나눌 수가 있나요?

A. 저는 하나하나 작은 챕터, 시즌으로 나누게 되는 편이긴 한데 딱히 의미가 있진 않죠. 그냥 목표-완료-끝 이렇게 나누는 거지. 결국 삶은 지속되는 거니까 나눌 필요가 있다고 생각하지는 않네요. 그냥 재미로 나누는 거지. [재미로 나눠보세요.] 유년기라면 학력에 따라서 졸업이나 과정이 있겠고, 그 이후로는 자신이 하는 소규모의 과제에 대해 나누는 편인 것 같네요. 예를 들어 저는 최근에 밴드 활동 했다가 공연 기획했다가 다시 밴드 활동을 하는 것도 되고, 아니면 회사를 다녔다가 그만두고 또 다른 회사에 다녔다가 그런 시기들로 나눌 수도 있고. [그렇군요.] 결국 굵직한 사건들이 뭉쳐서 삶을 이루는 거라고 생각하니까요.

Q. 누군가와 닮았다는 얘기를 들으면 기분이 어떠세요?

A. 별생각이 없네요. 사람이 닮을 수도 있죠. 왜냐하면 사람이 많으니까. 외형적으로든 내면적으로든 가끔씩 듣긴 하는데 그러려니 해요. 제가 온전히 새로운 사람이라는 생각도 안 하는 편이니까요. 많은 것들의 영향을 받아왔고 케어를 받았고 도움을 받아왔으니까. 가끔 닮고 싶은 사람들이 있기도 하고. 네, 아무도 꺼리지 않는다가 되겠네요. 그런 걸 꺼리는 사람들도 있으니까.

Q. 혼자 거리를 걸을 때 무슨 생각을 하시나요?

A. 상황에 따라 다르겠죠. 대부분 혼자 걸을 때는 목적성을 띠고 있기 때문에 그것에 대해 생각했던 것 같습니다. 요즘엔 막상 여유가 생기니까 딱히 산책 같은 건 해보지 않아요(웃음). 이유 없이 걷는다거나 어디 놀러 가거나 그런 걸 하지 않아서, 뭔가 목표가 생겨야 하게 되는 사람이라는 느낌이 들기도 하고. 혼자 거리를 걸을 때 왜 걷고 있는가, 어디로 가고 있는가 그에 대해 생각하죠. [그냥 그 생각만 한다고요? 딱히 잡념은?] 잡념은 항상 갖고 있기 때문이죠. ADHD 특, 잡념은 항상 가지고 산다. [진짜?] 네, 지금 이 순간도. [무슨 잡념을 가지고 계신가요?] 지금 이 순간? 아까 밴드 얘기 계속했으니까 밴드에 대한 생각도 있고, 지금 베이스 사람 보내놨는데 이

거 언제 답장 오는가도 있고.

Q. 무슨 행동을 할 때 자연스러우세요?

A. 아무것도 안 할 때 자연스러운 것 같은데? 잘 때 오히려 평안하다고 느끼긴 하죠. 그런데 그렇게 살 수는 없잖아요. 그래서 일부러 변주를 주려고 하죠. [잘 때 빼고는 다 부자연스러워요?] 정확하게는 잘 때 아니라도 아무것도 안 하고 있으면 가끔 평온함을 느끼긴 하는데, 아무래도 우리는 시간에 귀속되고 사건에 귀속되고 보통 사람들이 사는 인생이라는 사이클에 엮여 있으니까 그것 때문에 스트레스를 받죠. 그래서 뭔가 만들고 하려는 거고요. 아무것도 안 하면 아무것도 안 일어난다, 이게 너무 짜증나는 일이니까요. [그렇죠. 엿 같죠.] 네, 인생을 날로 먹을 수는 없는 거야?

Q. 마지막 질문인데, 트위터를 시작한 계기가 있으세요?

A. 그냥 어렸을 때부터 인터넷을 많이 했어요. 저는 시골에서 나고 자라서 주변에 노인분들밖에 없었거든요. 어떻게 대화가 통하겠어요. 요즘엔 감안하고 들을 수도 있긴 한데 그 당시에는 딱히 흥미 가지 않는 이야기들이었고, 그래서 자연스럽게 인터넷을 보면서 자극을 좇게 되긴 했는데, 가끔 민숭민숭한 것도 먹어보고 가끔은 자

극적인 것도 먹어보고 했는데, 결국 내가 바라는 걸 담을 수 있는 게 트위터니까 그래서 하고 있는 것 같네요. 꾸준히 하고 있는 것 중 하나로 있는 것 같네요.

Q. 인터뷰 끝났습니다. 기분이 어떠신가요?

A. 재미있네요. [다행이네요.] 담담하네요. 다른 사람들은 어떻게 했을지 궁금하네요. [다른 사람들이요? 보여드릴게요.] 보여주는 건 읽기 귀찮고, 잔잔하게 어떤 특이한 게 있었는지 말해주면 될 것 같아요. [네, 수고하셨습니다.] 네, 분량 나온 것 같아요?

지금의
　　　나는
지금의
　　　내가
기준이니까

나는 연속적인 사람인 것 같아.
그래서 인생의 기점을 안 나누고 싶어.
예전의 내가 있어야 지금의 내가 있는 거니까.

2019년 12월

Q. 먼저 본인 소개를 해주세요.

A. 본인 소개? 어… 그냥 평범한 소녀고, [네?] 그냥 평범한 소녀… [끝이야?] 네. [(웃음)알겠습니다.] 약간 말주변이 없어서 말이 두서없을 수 있어요. [아뇨아뇨, 괜찮아요.] 존댓말 써야 해? [아니, 편하게 해.]

Q. 요즘에는 기분이 어때?

A. 요즘엔 그냥… 정말 평범한 날들이야. 평범한가? 그냥 평범한 것 같아. [그래? 기분도 그냥 평범한 기분이고?] 응.

Q. 근 한 달간 대체로 무슨 행동이나 활동을 했고,
   그로 인해 어떤 기분이었는지?

A. 저번 주에 종강했으니까 계속 학교에 있었는데 시험공부는 많이 안 해가지고 그냥… 많이 자고? 일어나서 밥 먹고 수업 듣고 자고(웃음). 가끔씩 애들이랑 나와서 놀고. [그러면 기분이 어땠어?] 그냥 정말 요즘에는 딱히 기분이… 기복도 별로 없고, 아 그냥 흘러가는구나… 사실 요즘엔 좀 무기력한 경우가 많이 늘어가지고, 그래서 복수전공 할까… 그런 거 찾아보고 있어. [진짜? 왜?] 그냥 잘 모르겠는데 일단 내가 갑자기 음악을 했잖아. 그래서 과가 나랑 안 맞나 싶기도 하고… 요즘에는 왜 무기력한지 많이 생각해보는 것 같아.

Q. 근 한 달간 만났던 사람들이 있을 거 아냐.

그중 인상 깊었던 사람이 있어?

있다면 그 사람이랑 만나서 뭐 했어?

A. 어… 근데 나는 기숙사, 한정된 공간에서 활동하다 보니까 사실 맨날 보는 사람을 계속 보는 거라서 인상 깊은 사람이라고 하기엔… 그냥 학교에 있는 인상 깊은 사람을 얘기하자면, 그런 사람은 처음 봤는데, 사랑이 넘치는 사람? [사랑이 넘치는 사람(웃음)이 있다고? 니 학교에?] 어. 그런 사람을 처음 봐서 너무 신기했어. [어떤 행동을 하는데?] 행동이라기보단 그냥… 걔를 싫어하는 사람이 없어. 왜냐하면 걔는 모든 사람을 좋아하거든. 그러니까 뭐라고 해야 하지? 말 그대로 사랑이 넘치는 사람이야. 다른 사람들에게 베푸는 걸 좋아하고, 다른 사람을 이해하는 것도 좋아하고, 그래서 난 되게 인상 깊었어. [그런 사람이 존재한단 말이야(웃음)?] 난 정말 신기했어, 처음에 봤을 때.

Q. 그러게. 그럼 걔랑 만나거나 지속적인 연락은 없었어?

A. 학교에서 되게 친해. 연락은 자주 하지. 학교에 있으면 맨날 보고. [만나면 그냥 같이 수업 듣고 놀고 그러는 거야?] 어. 같은 과 애야.

Q. 그다음엔, 본인의 최초의 기억이 뭐야?

A. 최초의 기억인지는 모르겠는데 딱 '어렸을 때 기억' 하면 떠오르는 게… 너무 충격적이었던 게, 엄마 아빠 손을 잡고 무단횡단한 기억이 있어(웃음). 나는 무단횡단을 한 적이 없거든? 근데 내 기억에 일방통행인 되게 좁은 도로 있잖아, 차들도 안 지나가고. 그래도 나는 무단횡단을 해본 적이 없으니까, 그래서 내가 엄마 아빠한테 이거 건너도 돼? 건너도 돼? 하다가 엄마가 괜찮아~ 건너도 돼~ 그러고 손을 잡고 무단횡단한 기억이 있어. [그래서 어땠어? 약간 충격이었나?] 그땐 진짜 충격적이었어. 진짜 거의 끌려가다시피 건넜어. [약간 배신감인가?] 배신감인가?

Q. 본인에게 귀찮은 게 있어?

A. 음… 씻기? 오늘도 안 씻고 나왔어(웃음). 근데 안 씻고 있잖아? 그러면 갑자기 씻고 싶을 때가 있어. 그러면 그때는 꼭 씻어야 돼. [그래? 그게 어느 주기로 오는데? 며칠에 한 번인데?] 이틀에 한 번, 3일에 한 번? [아~ 괜찮네, 결과적으로는.] 그치. 근데 학교에 있을 땐 맨날맨날 씻어야 되니까, 집에 있을 때만 안 씻을 수 있어. [그렇군. 그래도 기본적인 것은 지키시네요.] 그쵸. 사람 만날 땐 이틀을 넘기지 않아.

Q. 그럼 씻기 말고는 딱히 없어?

A. 과제하기? 그냥 보통 대학생이랑 똑같은 것 같아. 학교 가기? 내가 학교를 갈 때 주말마다 집에 올라오잖아. 그러고 일요일에 항상 밤 8시 반 기차를 타고 내려간단 말이야. 근데 기차역에 가는 게 너무 귀찮아. [귀찮겠다. 그냥 기숙사에서 계속 있으면 안 돼?] 아~ 나 할 수 없어. [왜?] 너무 힘들어. 일단 기숙사가 깨끗하지 않거든. [앗! 그렇군요.] 애들도 다 주말엔 집에 가. [그렇구나. 내가 기숙사에서 살아본 적이 없어가지고.]

Q. 다음으로는, 본인에게 싫은 사람이 있어?

A. 음… 계산적인 사람. [계산적인 사람! 이유가 뭐야? 다른 인터뷰도 계산적인 사람이 싫다 그랬어.] 그냥 그런 사람이랑 있으면 내가 힘들어. 왜냐하면 그 사람이 계산하고 하나하나 행동하는 게 다 보이는데 [진짜?] 다 보여. [그런 사람이 주변에 실제로 있었구면?] 근데 사실 어떻게 보면 모든 사람, 대부분의 사람들이 계산적인 면을 가지고 있을 수밖에 없긴 한데, 그게 좀 심한 사람. 그래서 내가 어쩔 수 없이 그걸 해줘야 하는 상황을 만들어. [어떤 상황?] 특정지어서 얘기하기가 힘든데, 그런 느낌이 딱 들 때가 있어.

Q. 계산적인 사람 빼고는 다 괜찮아?

A. 음… 싫다기보다는 같이 있기 힘든 사람인데, 항상 뭘 해도 부정적인 면을 먼저 보는 사람? 그런 사람하고 얘기하다 보면 뭔가 나도 부정적이 되는 것 같고… 그 사람이 불평불만하는 걸 들어주고 있는 것도 힘들지.

Q. 본인의 인간성 하면 떠오르는 게 있어?

A. 내 인간성? [응.] 내 인간성? (정적) [쉽게 생각해도 돼.] 약간 이기적이면서도… 소심한 면도 있는 것 같고… 근데 또 사람들을 좋아해가지고… 그냥 이거 내 성격 얘기하는 것 같은데. [그치. 성격이 인간성인 것도 있잖아.] 그치… 가끔씩 사람들한테 선물 주는 것도 좋아해. [그래? 왜?] 나도 잘 모르겠는데 그 사람이 기뻐하는 것도 좋고, 선물을 주면서 그 사람에게 기억을 줄 수도 있잖아. 그래서 초등학교 때 학년이 끝날 때마다 같은 반에서 제일 친했던 친구들한테 선물을 줬어. [무슨 선물 줬는데?] 초등학교 1학년 때는 가짜 꽃으로 된 화분을 하나씩 줬어. [(웃음)굉장히… 초등학생치고는 조숙한…] (웃음)그때 내가 꽃 키우는 걸 되게 좋아했거든. 진짜 꽃을 주면 시들어버릴 거니까 가짜 꽃을 줬어. [굉장히 신선하네. 또 기억에 남는 선물 있어?] 어… 근데 뭐 그때그때… 딱 이걸 보면 그 사람이 생각날 때가 있잖아. 그럴 때 많이 사주는 거지.

Q. 알겠어요. 그럼 너는 사람들이랑 같이 있을 때랑

혼자 있을 때 중에서 직관적으로 어떤 게 더 기분이 좋아?

A. 딱 두 개 중에 하나를 고르라면 사람들이랑 같이 있는 게 더 좋은 것 같아. 근데 상황에 따라 다른 게 내가 조용히 있고 싶을 때도 있고, 사람들이랑 떠들고 싶을 때가 있는 거니까. [근데 오늘은 혼자서 조용히 있고 싶다 하다가도 막상 만나면 잘 노는 사람들도 있잖아.] 어, 맞아. [넌 안 그래? 그 기분이 그냥 계속 유지되는 거야?] 근데 내가(웃음), 계속 얘기하네, 기숙사에 있었잖아. 기숙사에 있을 때는 내가 사람들과 있을지 혼자 있을지 결정할 수가 없어. [어어.] 그래서 그냥⋯⋯⋯ 그냥 그런 것 같아. [그런 것 같아는 뭐죠(웃음)?] 그냥 이러면 이런 거고 저러면 저런 거고. [근데 내가 너 상황이었으면 혼자 있는 시간이 더 소중할 것 같은데.] 처음에 기숙사 들어왔을 때는 혼자 있는 시간이 너무나 간절했는데. 왜냐하면 혼자 쓰는 방이 아니고 3인실이니까. 근데 2학기 들어가고, 이제 거의 1년을 지냈잖아. 그래서 이제 익숙해졌어, 누가 있는 게. 누가 있어도 그냥 혼자서 있는 것처럼 지내는 것도 나름 터득하고, [그래서 필수로 시키나 봐, 기숙사.] (웃음)아, 이런 것 때문에? [어. 교사는 사람들 틈에 쉴 틈 없이 껴 있어야 되잖아. 사람들 대하는 직업이기도 하고.]

Q. 좋아요. 그다음에, 과정과 결과 중에서

어떤 게 더 중요하다고 생각해?

A. 만약 내가 직접 겪고 있으면 과정이 중요하지만 남이 한 걸 볼 때는 결과가 더 중요한 것 같아. [그래? 왜?] 내가 만약에 열심히 노력해서 뭔가 이루지 못하더라도 과정이 있어서 성장하게 되잖아. 근데 남이 한 행동이 나한테 영향을 미치는 건 결과밖에 없잖아. [남이 한 행동… 아, 너한테 영향을 주는 건 결과밖에 없으니까.] 결국 보이는 거는 결과니까. [그러네. 남이 어떻게 과정을 보냈는지 알 수 없으니까 결과로 판단한다는 거지?] 그치. 만약에… 어떤 게 있을까. (정적) 그냥 그 사람이 어떻게 했느냐 하는 과정은, 만약에 그 사람이 혼자 한 거면 그 사람 혼자만 알고 있는 거잖아. 하지만 결과는 모두가 보게 되는 거니까… 그래서 겉으로 봤을 때는 결과가 더 중요한 것 같아.

Q. 만약 과정을 되게 알차게 보냈어, 그런데 결과가 별로야.

반대로 그냥 놀았어, 근데 운 좋게 결과가 좋게 나왔어.

그 두 가지 상황 중에서 어떤 게 더 의미가 있을까?

A. 의미가 있는 거는 과정이 알찬 거겠지, 당연히. [그렇다면 좋은 것은?] 좋은 것? [응. 어떤 게 더 본인에게 도움이 돼?] 나는 만약에 둘 중 하나를 선택하라면 과정이 알찬 걸 선택하겠어. [아 진짜?] 아까도 말했지만 내 입장으로 생

각하면 과정이 더 중요한 거니까. [음… 굉장히 신선한 답변이었습니다.] 감사합니다.

Q. 좋다. 현재 역할에는 만족하고 있어?

A. 현재 역할? 학생, 이런 거? [응. 학생도 되고 딸일 수도 있고 20대일 수도 있고 여자일 수도 있고.] 전 만족하고 살고 있습니다. [이유가 있어?] 이유? 일단 학생이라서 좋은데, 내가 만약 배우고 싶은 게 생기면 언제든지 자유롭게 배울 수 있는 게 좋아. 또 아직 결정도 비교적 자유로워. 내가 내릴 수 있는 결정들이. 아직은 책임져야 할 일이 많지 않으니까. 아직 결정되지 않은 것도 너무 많고… 그걸 내가 결정할 수 있다는 게 좋은 것 같아.

Q. 좋네요. 열심히 한다는 것에 대해 어떻게 생각해?

A. 열심히 한다는 것은 난 정말 좋은 거라고 생각해. 열심히 사는 사람들 보면 그냥 대단한 것 같고, 나도 열심히 살고 싶어. [열심히 사는 것 같은데?] 그래? 고마워(웃음). [열심히 사시잖아요(웃음). 열심히 살고 싶은 이유가 있어?] 나는 가끔씩 고3 때의 내가 더 좋았다는 생각을 하는데… [고3 때 열심히 했으니까?] 응, 지금 나는 전공을 살릴지도 아직 고민하고 있고. 근데 고3 때는 하나의 목표를 가지고 그걸 향해서 열심히 노력했던 시간이었기 때문에 열정이

라고 하긴 좀 그런데, 나에게 그런 게 있었다는 게… 그래서 고3 때의 내가 조금 더 낫지 않았나, 지금보다. [그렇군. 지금보다 더 나은 사람이 되고 싶어서!] 몰두해서 뭘 집중하는 사람이 멋진 것 같아. 목표가 있는 사람. [목표가 있어도 열심히 안 하는 사람들 많잖아!] 진짜 원하는 목표가 생기면 열심히 하지 않을까? [그런가?] 그 목표가 그 사람이 원하지 않는 목표일 수도 있잖아. [그치.]

Q. 다음 질문입니다. 본인한테 누구를 닮았대. 그럼 기분이 어때?

A. 아 그렇구나… 닮았나? 닮은 것 같기도 하네(웃음). [별 감흥이 없어?] 근데 다른 사람들이 나한테 '이 사람이랑 너랑 말투가 진짜 똑같아'같이 나라는 사람 자체를 닮았다고 하는 걸 별로 못 봤는데… 근데 내 얼굴을 닮았다고 하는 사람은 많이 본 것 같거든? 근데 항상 가져오는 게 다 똑같이 생겼어. 그래서 아, 눈 코 입 이렇게 있는 게 나랑 닮았다고 하는구나 그런 느낌이 들지. [나도 너한테 누구 닮았다고 한 것 같은데 뭐였지? 아 맞다. 고호경!] 그래? 그 사람 이름이 그거였어? 너 예전에 이상한 핫도그 가져온 적도 있었잖아(웃음). 뭔지 알아? [(웃음)어, 알아.] 기분 나쁘진 않은 것 같아.

Q. 현재를 기준으로 가장 의미 있었던 사건 하나를 얘기해보자면?

A. 의미 있었던 사건? 음… 딱 2학기 개강하고 나서 한 달 동안? [왜?] 그때 뭔가 생각을 되게 많이 한 것 같아. [무슨 생각?] 그냥… 그때 왠지는 몰랐는데 그냥 힘들었어. [약간 지친 느낌?] 어. 이 사람 저 사람 가운데에 끼어 있다는 게 불편하고 힘들고, 그리고 내가 그냥 무기력하다고 느껴진다고 했잖아. 그거의 극치였던 것 같아. [그 시기가?] 응. 근데 지금 돌아보니까 아무것도 아니었던 것 같아. 그땐 내가 왜 그렇게 힘들었지? 진짜 아무것도 아니었는데. [그렇군. 그러면 이게 한 살 때부터 지금까지 중 가장 의미 있는 사건이나 시기야(웃음)? 근데 그럴 수도 있어!] 지금의 나는 지금의 내가 기준이니까. 지금이랑 가까운 게 중요하지 않을까? [그것도 그래.] 지금의 나한테는.

Q. 인스타그램이라는 SNS를 시작한 계기가 뭔가요?

A. 계기는 생각이 안 나는데, 일단 만 14세가 됐을 때 가입할 수가 있잖아, SNS에. 그래서 그때 그냥 다 가입하고 봤던 것 같아. [엥? 그때 인스타그램이 있었어?] 잘 모르겠는데 보이는 SNS를 그냥… 그래서 페북도 다른 애들보다 빨리 가입했고. [아 진짜? 몇 살 때?] 애들이 잘 안 쓸 때 난 이미 쓰고 있었어(웃음). [조숙하시네요. 나도 초6인가 그때 가입했는데.] 그래서 그냥 연예인 사진 보러 인터넷 들어

가면 인스타그램에 들어갔던 것 같아. 아무튼 잘 기억이
안 나, 왜 가입했는지. 어느 순간 페북을 안 하고 인스타
그램을 하고 있었어, 자연스럽게.

**Q. 맞다, 요즘 사람들이 페북에서 인스타그램으로 넘어가고 있잖아.
그게 왜 그럴까?**

A. 내가 페북을 그만뒀던 건 일단 내가 수험생이었고,
고1 때 딱 그만뒀던 것 같은데. 그런 것도 있었지만 그냥
뭔가… 페이지 같은 거 있잖아. 그런 거 하나둘씩 팔로
우하니까 피드라고 하나, 피드에 그 페이지 글 같은 거
밖에 안 뜨는 거야. 나는 이런 거 말고 내 친구들 어떻게
사는지 이런 게 궁금한데. 그렇다고 그걸 취소하고 있으
면 그것도 귀찮고… 그냥 그런 거 아닐까? [나도 페북 안 들
어간 지 진짜 오래됐다. 1년은 된 듯.] 나는 페북 좋아요 행사
이런 거 있잖아. 좋아요, 팔로우하면 치즈스틱 주고. 이
거이거 했어요, 하고 그런 거 받고.

Q. 다음으로는, 가족이 보고 싶으신가요?

A. 네, 저는 제 가족 좋아합니다. [정말? 화목한 가정이신가
보네요.] 네, 그런 것 같아요. 동생도 귀엽고. [이런 말 하는
사람 처음 봤는데? 심지어 연년생이잖아.] 동생이 굉장히 애교
가 많아. [너한테?] 응. [좋은 동생이네. 예전에 너네 동생이 피아

노 치는 거 보러 갔었잖아. 잘 치더라. 근데 난 중간에 졸았어(웃음).]
졸 수밖에 없어, 잘 모르는 사람은. 내 동생도 예전에 모
르는 사람 협주하는 공연 보러 갔다가 걔도 잤어, 피아
노 전공하는 사람이. [전공하는 사람도 잠들게 하는군. 알게쓰.
그때 좀 미안했는데.] 아냐, 자는 사람 많아. 나도 동생 안
나왔으면 잤을걸(웃음). [좋아요. 이번에 입시가 잘됐으면 좋겠
네.] 나도.

Q. 즐거움을 나눌 수 있다고 생각해? 분류하는 거.

A. 분류한다고? 어떻게? [누구는 친구를 만날 때 즐거움이 다
르고 맛있는 거 먹을 때 즐거움이 다르고… 이렇게 분류한 사람
도 있었고… 근데 다들 좀 어려워하긴 했어, 이 질문을.] 아, 즐거
움… 즐거운 건 즐거운 거 아닐까. [아, 그래(웃음)?] 즐거
움… 여러 가지 즐거움이 있긴 하지. 그냥 아까도 내가
너한테 말했잖아, 비둘기가 앉아 있는 게 너무 귀여웠다
고. [즈… 즐거웠어?] 그런 거 보면서 나 혼자서 즐거워할
수도 있고, [(웃음)비둘기를 보면서 즐거움을 느끼는 사람? 오케
이.] 아, 나 그런 사람(웃음)? 딱히 나누려고 해본 적은 없
었던 것 같아.

Q. 그럼 외로움은 나눌 수 있다고 생각해?

A. 외로움? [이게 약간, 뭐라 해야 하지. 본인에게 득이 되는 외로

움이 있고, 또 본인을 갉아먹는 외로움이 있다고 생각하거든.] 아
그치. [넌 어떻게 생각하니?] 외로움? 근데 너 말이 정말 맞
는 것 같아. 스스로를 갉아먹는 외로움… 그치, 그럴 수
있어. 너가 그렇게 생각할 수 있다는 의미가 아니고, 그
런 외로움이 있을 수 있다고. [어어.] 근데 나는 예전에 나
스스로를 갉아먹는 외로움을 느꼈다고 생각한 적이 있
었는데, 생각해보면 그게 나에게 득이 되는 외로움이었
던 것도 있어. [아 그래? 어떤?] 그냥, 예를 들어 사람이 있
는데도 그 속에서 느끼는 외로움이 있잖아. [그게 도움 됐
어?] 도움이 됐다기보다는 그걸 통해서 생각을 많이 해
보고, 그 생각을 하는 과정에서 나한테 도움이 됐다고
생각해. 이것도 사람 나름이지. 아니었던 적도 많고. [근
데 네가 얘기한 건, 그 외로움을 극복해서 득이 된 게 아닐까?] 그
치, 극복을 안 하면 그 자체로 갉아먹는 외로움인 거지.
외로운 건 너무 힘든 것 같아.

Q. 본인의 인생을 어느 특정한 기점으로 나눌 수 있어?

A. 나는 연속적인 사람인 것 같아. [그래?] 글쎄, 나누…
나는 안 나누고 싶어. [그래, 이런 대답도 한 번쯤은 나오길 바
랐어.] 내가 해준 거야? [(웃음)응, 걸렸다.] 예전의 내가 있
어야 지금의 내가 있는 거니까.

Q. '요즘 사람들' 하면 어떤 게 떠올라?

A. 요즘 사람들? 근데 사실 얼마 전에 내가 친척을 봤는데 친척이 딱 그 말을 하더라. 요즘 애들 너무 억세다고? [요즘 애들 너무 억세??] 이런 식으로 말씀을 하셨어. [아~ 어른이셔?] 욕도 잘하고 그런다고, 요즘 애들은. [그건 맞는 말이야.] 근데 보통 얘기할 때 요즘 애들이라고 하면 어른들이 많이 쓰시잖아. 근데 그분들이 쓰실 때는 뭔가 안 좋은 의미로 써가지고 그런 느낌이 들긴 하지만, '요즘 사람들'이라고 봤을 땐 '요즘 애들'은 그냥 젊은 사람들인가? [굳이 한정 짓고 싶지 않은데, 그렇게 되면 젊은 사람의 범위도 설정해야 하는 거잖아.] 그치. 근데 기성세대도… [따지고 보면 요즘을 살아가는 사람들이긴 하지.] 맞아. 요즘 사람들?

요즘 사람들 하면… 요즘을 살아가는 사람들이지? 근데
사람들도 너무 개개인이 달라서 요즘 사람들이라고 특
정 짓기가 좀 힘들 것 같긴 한데….

Q. 나도 비슷한 생각이야. 나는 어떻게 생각하냐면,

    요즘 사람들이 약간… 집단이라고 한다기보단,

    집단으로 묶을 수 있긴 한데, 그 분위기가 개인으로 나뉘는 느낌?

    점점 개인의 자아가 세지고, 또 개인적이려 하기도 하고.

    선 안 넘으려 하고.

A. 맞아. 요즘에는 가까운 사람한테도 잘 말하지 않는
사람들도 많잖아.

Q. 이럴 수가, 끝났습니다. 어떠신가요.

A. 많이 썼어? [지금은 별로 안 썼는데 이제 집에 가서 녹취한 거
풀어야지. 어쨌든 간에, 기분이 어떠세요?] 요즘 들어 다른 사
람들한테 내 얘기를 잘 안 하는 편인데, 뭔가 내 얘기를
되게 많이 한 것 같은 기분이야. [음~ 맞아, 넌 얘기 잘 안 하
잖아!] (웃음)그래? [엉, 다 알고 있거든(웃음)? 그래서?] 그래
서… 뭔가 마음이 편해. [아 그래? 잘됐네.] 사실 내가 내 얘
기를 잘 안 해서 너한테 인터뷰하겠다 한 것도 있거든.
[아 진짜? 이번 기회로 뭔가…] 뭔가 내 얘기를 잘 안 하다 보
면 병이 되는 것 같기도 하고. [맞아. 근데 평소에 얘기를 안 하

지금이 나는 지금의 내가 기준이니까

는 특별한 이유 같은 게 있어? 아니면 그냥 성격이야?] 성격인 것 같기도 하고, 나는 누구를 만나고 집에 돌아오잖아, 그 럼 그날 내가 했던 말들을 생각하면서 후회를 많이 해. 그냥 그 사람은 기억 못할 수도 있지만 특정 지점에서 내가 왜 그랬을까 하는 적이 많아서, 그냥 그렇게 된 것 같아. [들어주는 쪽으로?] 많이 들어주는 것 같아, 특히 요 즘에는. 이렇게 말 많이 한 것도 오랜만이네, 내 얘기를. [이런 순간이 가끔 필요하다고 생각하는데 그렇지 않나요?] 네, 그 런 것 같아요.

완벽하고

싶지

않아

'요즘 사람들'이란 말,
되게 허무하고 무의미한 것 같아요.
굳이 정의하자면, 피곤하다.
되게 신경쓸 게 많은 것 같아서.
있는 그대로 뭘 보는 방법을
배우지 못한 것 같아요.
계속 의심하고,
상대방 입장에서 고민하는 게 아니라
자기 입장에서만 이해하려고 하고
근데 그게 폭력인 줄 모르는 것 같아요.
그런 의미에서 피곤하다.

2020년 3월

판타지 드림 인터뷰

Q. 본인 소개를 간략하게 할게요.

A. 아… 제가 낯을 엄청 가려서… [아, 괜찮아요, 천천히 하셔도 됩니다.] 네. 저는, 소개할 게 그렇게 없긴 한데, [짧게 하셔도 좋습니다. 뭐든 자유예요.] 저는… 그냥 스물한 살입니다(웃음). [(웃음)좋습니다.]

Q. 최초의 기억이라고 할 만한 게 있나요?

A. 저는 진짜 없어요. (다른 사람) 인터뷰 보고 생각해봤거든요. 저는 다른 사람에 비해서 과거에 대한 기억이 진짜 없어요. 엄청 최초의 기억이라면 대개 애기 때 기억이라고 하는데, 저는 그때라고 해봐도 일곱 살? 그때 짧은 기억밖에 없어요. [어떤 기억인가요?] 오빠랑 싸운 거(웃음). 신문지 말아서 칼싸움한 거. [그때를 떠올리면 연상되는 감정 같은 게 있으신가요?] 되게 억울했던 것 같아요. [왜요?] 그냥 오빠랑 싸울 땐 항상 억울했던 것 같아요. 전 억울하면 울거든요. [그때도 울고 있었나요(웃음)?] 맨날 하다 보면 울었어요. 처음엔 되게 재밌는데 나중에 가면 울고 있어요.

Q. 요즘엔 기분이 어떠세요?

A. 요즘엔 딱히 기분이랄 게 없는 것 같은데요. 누가 뭐 하라고 하는 것도 없고. [약간 시기적으로도 공백기고.] 그죠.

Q. 근 한 달간은 대체로 어떤 활동이나 행동을 하셨나요?

A. 진짜 한 게 없는데… 입시할 때 스트레스 받으면 책을 진짜 많이 샀거든요. 그리고 안 읽었단 말이에요. 그래서 안 읽은 책들 중에서 몇 개를 골라서 읽은 거, 그게 가장 활동적인 활동이었어요. [어떤 기분을 느끼셨나요?] 내가 그래도 너무 쓰레기같이 살고 있진 않구나(웃음). [책을 읽고 있으니까.] 내가 그래도 뭐라도 하고 있구나. 그리고 산책을 되게 많이 하는 것 같아요. 그냥 밤에 마스크 끼고 나가서 한 바퀴 도는. [자주 하시나요?] 네, 너무 할 게 없어서. [부지런하시네요. 안 나가는데 전.] 전혀 부지런하지 않아요.

Q. 근 한 달간 만났던 사람 중에서

가장 인상 깊었던 사람은 있으신가요?

A. 재수하면 만나는 사람만 만나게 되잖아요. (코로나19 때문에) 딱히 지금은 개강을 한 것도 아니니까. 인상 깊은 사람은 없고, 익숙한 사람들이랑 만나서 그 익숙한 게 기분이 좋았던 건 있어요. 인상 깊었던 건 없어요. [그분들과 평소대로 만나서 어떤 활동이나 행동을 하세요?] 맥도날드 버거요. [이건 굉장히 특정적인데(웃음), 이유가 있으신가요?] 제가 햄버거를 좋아하는데 이 동네에 프랜차이즈가 없어서 햄버거를 먹으려면 밖에 나가야 돼요. 친구네 집은

좀 시내거든요. 그래서 꼭 맥도날드를 먹어요. 되게 성의 없고 그런 맛이 좋아서. [어, 저도요 저도요(웃음). 저 그거 관련해서 작업 생각해둔 것도 있거든요.] 진짜요? [네네. 그런 맛이 있죠.] 어디를 가든 다 똑같고. [맞아요. 음식이 아니라 물체를 먹는, 사물을 먹는 느낌이 재밌죠.] 어, 맞아요.

Q. 그러면 현재를 기준으로 생각했을 때

가장 의미 있는 사건이라고 할 만한 게 있으신가요?

A. 재수한 거요. [이유가 있으세요?] 저는 입시과외를 생각보다 빨리 했거든요. 고등학교 2학년 올라갈 때부터 했는데, 현역 때 2년 정도 과외를 하면서 한 번도 글 쓰는 게 재미있었던 적이 없었단 말이에요. 그러다 재수를 하면서 되게 재미있다고 느꼈어요. [문예창작 쪽을 생각해두신 이유는 있으신가요? 보통 글이 재미있어서 시작한다고 하잖아요.] 조금씩 조금씩 쓰고 있었던 건 맞는데 지금 생각해보면 그건 글이라기보다는 일기였던 것 같고, 고등학교 2학년 올라가면서 뭘 할지 생각을 되게 많이 했어요. 저는 대학 갈 생각도 없었고, 그냥 흘러가는 대로 살겠다고 생각했던 것 같아요. 되게 불안해하면서도. 근데 점점 더 불안한 거예요. 내가 어디에 소속돼 있어야 편한 사람이란 걸 알게 되고, 그래서 뭘 하지 뭘 하지 하다가 그냥 어릴 때부터 글을 쓰면 엄마가 좋아하셨단 말이에

요. 칭찬을 많이 하셨어요. [어머니가 그런 쪽에 종사하고 계신가요?] 아뇨, 근데 엄마도 글 쓰는 걸 되게 좋아했는데, 그래서 문예창작을 해볼까. 지금 생각해보면 잘 몰라서 해봐야겠다고 했던 것 같아요.

Q. 그렇게 시작했는데 재수 때 처음으로 글에 대한 재미를 느끼셨다. 재미라는 게 구체적으로 생각해보면 어떤 감정일까요? 어떤 부분에서 재미를 느끼셨나요?

A. 그전까지는 왜 글을 쓰냐고 스스로 물어보면, 대학 가기 위한 수단으로 생각했던 게 많았거든요. 그런데 재수하면서부터 글쓰기를 그냥 놀이라고 생각한 것 같아요. 순서를 어떻게 배치하느냐에 따라서도 문장이 달라지고, 뭔가 블럭 쌓기처럼 다시 무너뜨리고, 그런 걸 발견하게 된 게 재미인 것 같아요.

Q. 좋습니다. 본인의 인생을 몇 가지 기점으로 나누실 수 있나요?

A. 저는 중학교 3학년 때 제일 친한 친구를 만나서, 그걸로 나눌 수 있는 것 같아요. [학교에서 만나신?] 네, 그렇습니다. [친구랑은 어떤 점이 맞고 좋아서 가장 친해진 건가요?] 사실 중학교 1학년 때부터 알았던 친군데 3학년 때 된 거거든요. 그런데 서로 되게 싫어했어요. [왜요?] 그냥, 서로 가지지 못한 걸 가진… [그게 뭔지 알 수 있을까요?] 음…

저는 가정에 대한 안정감 같은 게 그 친구한테 보여서 미웠고, 그 친구는 좀 외적인 것 때문에 그랬다고 해요. 제가 처음에 그 친구를 엄청 좋아했는데 나중에 제가 지쳐서 떨어질 때부터 그 친구가 저를 좋아했거든요. [그, 여자죠?] 네. 뭐가 딱 좋고 잘 맞아서 친해졌다기보다는 잘 모르겠어요, 서로 같이 크는 것 같아요. 성격도 요즘은 서로 완전 섞인 상태고요. [아, 뭔지 알아요(웃음).] 잘 맞아서 친해졌다기보다는 너무 좋아해서 너무 싫어했는데, 그 싫어함이 잘 풀려서 지금까지 잘 지내고 있는 것 같아요. [오호, 굉장히 좋은 관계로.]

Q. 본인의 현재 역할에 만족하시나요?

A. 본인의 현재 역할이 뭔지 잘 모르겠어요. [그런가요? 그럼 일단 사회적인 부분으로 생각해보자면? 20대도 될 수 있고, 대학생, 딸, 여자 이렇게 여러 가지가 있잖아요.] 여자로 두고 생각하면 만족할 수 없는 상황인 것 같아요. [이유가 있으신 거예요?] 너무 답답한 게 많지 않나 싶고, 나는 여자고 나는 대학생이고, 저는 이렇게 생각하면서 살지 않거든요. 다른 사람들이 저를 볼 때 여자라는 몸에 가둬놓고 보는 것 같아서 그런 것들이 좀 답답한 것 같아요. '여자애' 이런 느낌?

Q. 다른 요소들에 대해서는 어떻게 생각하시나요?

A. 학생은, 딱 대학 붙었을 때는 내가 성취한 거라고 생각했는데, 그 뒤로 딱히 뭘 한 게 없으니까 지금은 아무생각이 안 드는 것 같아요. 대학생 상태라고 할 수 있나? [저도 마찬가지긴 해요. 아직 입학을 안 했으니까.] 딸로서는, 부족한 것 같아요. 뭔가 딸로서 완벽하고 싶지 않은. 약간 반항하고 싶다고 해야 하나. [부족하지 않고 충족된 딸이라고 하면 어떤 정의를 내릴 수 있을까요?] 제 부모님은 제가 고집이 센 걸 너무 잘 아셔가지고, 이렇게 해 저렇게 해 하지는 않거든요. 그런데 뭐랄까, 덜 화내고 더 살갑게 하는 게… 저는 그렇게 못하는 것 같아요. [그런 의미에서 부족한 느낌이 든다, 이런 요소들을 평균적으로 생각해봤을 때 어느 정도라고 생각되시나요, 만족감이?] 어, 상당히 낮네요.

Q. 본인의 인간성에 대해 떠오르는 게 있으세요?

A. 어… 개입하지 않으려고 하는 것 같아요, 많은 일들에. [관조적인 태도를 보인다는 느낌인가요?] 관조적인 것도 관찰을 요하는 거잖아요. 그런데 저는 관찰하고 싶지도 않은 것 같아요. 그냥 관심을 아예 가지지 않으려고. [보통어떤 일에요?] 그냥 제 주변 제가 좋아하는 사람들 외에모든 것. 지금 저한테 일어나는 일에만 관심을 가지려고하는 것 같아요. [이게 본인의 선천적인 성격인가요, 노력에 의해

얻어진 것인가요?] 둘 다인 것 같은데, 노력이 좀 더 많은 것 같아요. [노력한 이유가 있으신가요?] 제가 해결할 수 없는 일이 훨씬 많은데 그 모든 거에 다 일일이 신경을 쓰면 제 일상을 유지할 수 없는 것 같아요. 저는 제 일상을 유지하는 게 가장 중요한 일이라고 생각해서 다른 데 신경쓰고 싶지 않아요. [좋은 태도입니다. 본받아야겠네요.] (웃음) [왜요(웃음), 진짠데.]

Q. 사람들이랑 같이 있을 때가 있고 혼자 있을 때가 있잖아요.
그 두 가지 상황 중에서 직관적으로 어떨 때가
더 기분이 좋으세요?

A. 사람들이랑 있는 건데, 1대 1로 있는 거. 여럿이 있는 건 안 좋아해요. [기 빨리는 느낌이어서요?] 시끄러워서요. [1대 1로 있을 때가 혼자 있을 때보다 더 좋다는 말씀이시죠?] 혼자 있을 때가 더 평화롭긴 하지만 기분이 좋은 건 가까운 사람들이랑 있을 때가. [어떤 점이 기분이 좋으세요?] 그냥 같이 있는 것 자체가 좋아요.

Q. 싫은 사람은 있으세요?

A. 이젠 없어요. [이제 없다는 건 전에는 있으셨단 거네요.] 고등학교 때까진 있었어요. [특정 인물이에요?] 네, 특정 인물. [그분이 싫었던 이유가 있으신가요?] 그냥 제가 생각하기

에 걔는 정말 제가 부러워할 법한 친구였거든요. 그런데 걔가 약간 열등감 같은 걸 보였을 때? 질투하는 걸 보였을 때 그게 너무 이해가 안 돼서 싫었던 것 같아요. 뭐 하나 빠지는 게 없는 애였는데 왜 이렇게 작은 거에 신경써서 자길 깎아먹지? 그게 이해가 안 돼서 싫었던 것 같아요. [기억에 남는 예시 같은 게 있으신가요?] 중학교 3학년 때 그 친구도 자기 반에서 반장을 나가고 저도 나갔는데, 자기는 됐고 전 떨어졌단 말이에요. 근데 제가 좋아했던 남자애한테 누구누구는 떨어졌던데 하고 말하는 걸 제가 보게 된 거예요. 왜 이렇게까지 신경을 쓰지? 저는 공부를 진짜 못했거든요, 근데 걔는 공부를 정말 잘했고. 저는 엄청 소수의 사람들이랑만 어울리는데 그 친구는 두루두루 다 어울리는 친구였단 말이에요. 그런 애가 왜 그러지? 되게 저를 소모적으로 싫어했거든요, 물론 저도 소모적으로 싫어했지만.

Q. 이젠 싫지 않으세요?

A. 뭔가 시간이 지나면서 생각이 바뀌니까. [어떤 쪽으로요?] 저는 이성에 대한 관심이 아예 사라졌고 또 많이 조용해졌고, 덜 예민해진 것 같아요. 바뀐 성격으로 다시 생각해보면 제가 그 친구를 되게 좋아하고 잘 챙겼을 것 같아서, 그래서 안 싫어하게 됐습니다.

Q. 특정 인물 말고 유형이라든지 집단으로 표현해볼 수 있으신가요?

A. 세상에서 자기가 제일 힘든 줄 아는 사람 안 좋아해요. 모든 게 자기 일로 귀결되는 사람. 가장 안 좋아하는 건 혼자 있을 때 못하는 일들을 우르르 몰려다닐 때 하는 것 같거든요. 행동이 민폐인 경우가 많다고 생각해서 안 좋아해요.

Q. 혼자 있어야 할 상황이 온다고 해보면요?

혼자 생활하고 잠도 자야 하는데, 이에 대해 어떻게 생각하세요?

A. 제 고양이도 없이 혼자? [어… 네네.] 고양이 생각이 너무 많이 날 것 같긴 한데, 외로울 것 같아요. 그런데 받아들일 것 같아요. 뭔가 외롭지 않으려고 하면 외로운 걸 더 나타내는 것 같아서. [외롭다는 감정을 엄청나게 싫어하는 편은 아니신가요?] 되게 자연스러운 거라고 생각해요. 다 각자의 삶을 살잖아요.

Q. 비슷한 질문인데, '거리를 혼자 걷는다'는 문장을

머릿속에 떠올려보시면 어떤 장면이 떠오르나요?

A. 그냥 이어폰 꽂고 걷는 것. 주변에 사람이 지나갈 수도 있고 지나가지 않을 수도 있고. [연상되는 이미지 같은 게 있나요?] 버스 기다리는 거요. [이유가 있나요?] 버스 기다리는 건 굉장히 개인적인 일인 것 같아요. 버스를 누구

랑 같이 기다릴 수도 있지만 혼자 기다리고 있는 걸 생
각해보면, 머릿속에서 되게 많은 생각을 하고 있잖아요.
거리를 걸을 때도 머릿속에서 계속 생각을 하고 있잖아
요. 그런 점에서 비슷한 것 같아요. [내면을 중심으로 생각하
신 거네요. 그때 느껴지는 감정 같은 건 어떤 것인가요?] 상황에
따라 되게 다를 것 같은데, 지금은 기분 좋을 것 같아요.
왜냐하면 날씨가 너무 좋아서.

Q. '요즘 사람들'이란 말이 있잖아요.
   이걸 들으면 어떤 분위기나 느낌이 떠오르시나요?

A. 요즘 사람들이란 말을 저도 종종 사용하긴 하지만,
되게 허무하고 무의미한 것 같아요. 어디서부터 어디까
지가 요즘 사람들인지 모르겠고, 다 개별적이라고 생각
해서. 굳이 정의하자면, 피곤하다. [예민하다는 뜻에서?] 그
냥, 되게 신경쓸 게 많은 것 같아서. [그렇다면 과거에 비해
신경쓸 게 점점 늘어나는 느낌인가요?] 제가 과거의 요즘 사람
들은 되어본 적이 없어서 지금밖에 모르지만, 있는 그대
로 뭘 보는 법을 배우지 못한 것 같아요, 사람들이. 계속
의심하고, 상대방 입장에서 고민하는 게 아니라 자기 입
장에서만 이해하려고 하고. 근데 그게 폭력인 줄 모르는
것 같아요. 그런 의미에서 피곤하다.

Q. 요즘 사람들은 요즘 사람들을 어떻게 생각하고 있을까요?

A. 자기랑 분리할 것 같아요. 자기도 속해 있다고 은연중에 생각하면서도 '나는 저 사람들이랑 달라' 하고 생각할 것 같아요. 요즘 사람들이란 말 자체가 굉장히 덩어리진 말이잖아요. [그쵸. 뭉뚱그린 말이죠.] 사람들은 자기 자신을 어떤 사연이 있고 어떤 환경에서 자랐는지 알고 있으니까 요즘 사람들이라고 불리는 것에 대해서, 그 덩어리에서 자기를 분리해서 볼 것 같아요.

Q. 가족이 보고 싶으신가요?

A. 아니요. 아, 고양이까지 생각하면 보고 싶어요. [이유라고 할 만한 게 있으세요?] 보고 싶지 않은 상태가 유지되고, 보고 싶은 건 굉장히 순간적인 감정인 것 같아요. 지금은 그런 감정이 드는 순간이 아닌 것 같아요.

Q. 즐거움이라는 감정이 있잖아요. 이걸 분류할 수 있으신가요?

A. 즐거움이면 행복한 건가요? [음… 행복이 될 수도 있겠지만 아닐 수도 있을 것 같아요.] 전 즐거움이 어떤 감정이라고 생각하지 않는 것 같아요. 그냥 순간의 이름? [그렇게 생각한 이유가 있으세요?] 즐겁지 않은 상태가 유지되다가 즐거워야 즐거움이라는 걸 알 수 있잖아요. 그게 순간에 더 가까운 것 같아요. 그래서 분류할 수 없는 것 같아요. 저

는 즐겁다는 말을 잘 안 쓰네요, 생각해보니. 그래서 잘 모르겠어요.

Q. 그렇군요. 그럼 혹시 외로움은 분류할 수 있으신가요?

A. 음… 조금? [어떻게요?] 정말 혼자 있는 상태여서 외롭다, 심심하다고 느끼는 외로움이 있는 것 같고, 사람들 사이에 있을 때 내가 속하지 못한다는 걸 느껴서 [소외감에서 비롯된] 네, 그런 외로움.

Q. 과정이 있고 결과가 있잖아요.

그 두 가지 중에서 어떤 게 더 중요하다고 생각하세요?

A. 진짜 어렵다(웃음). [천천히 생각해보세요.] 전 과정이요. [이유가 있으신가요?] 결과도 진짜 중요한데, 만약 제가 아무 준비도 안 했는데 결과가 좋으면 너무 불안하고 허무할 것 같아요. 내가 어떻게 좋은 점수를 받았는지 스스로 모르잖아요. 그래서 어떻게 이걸 유지할 수 있고 내 걸로 만들 수 있는지 모르니까 차라리 과정에 좀 더 몰두하는 게 마음 편할 것 같아요.

Q. '열심히 한다'에 대해서는 어떻게 생각하세요?

A. 별생각이 없는데요. [긍정적이거나 부정적인 느낌도 안 드시고?] 그냥 '하는 상태'인 것 같죠. 열심히 계속하는 상태.

[이 상태를 본인에게 대입해본다면?] 열심히 할 때는 열심히 하는 줄 모르는 게 열심히 하는 것 같아요. 지나고 나서, 하고 있는 프로젝트가 마무리되면 그때 알 수 있는 것 같아요. [오, 그러네요.]

Q. 트위터를 시작한 계기가 있으신가요?

A. 고등학교 3학년 때 같은 반 애들이 진짜 재밌다는 거예요. 저는 그 전에 한번 깔았다 지웠거든요. 너무 재미없어서. 근데 너무 재밌다 그래서 궁금해서 가입하게 된 게 아직까지 이어지는 것 같아요. [하면 어떠세요?] 아무 생각 없고 피식피식 웃게 되는 때가 많아요. 계속 다른 사람들의 생각을 보는 거니까 그런 건 재밌어요.

Q. 이제 인터뷰가 끝났거든요. 기분이 어떠신가요?

A. 끝났군(웃음). 재미있었어요. [어떤 점이요?] 신기한 경험인 것 같아요. 누가 일방적으로 질문하고 제가 일방적으로 말하는 입장에 서고, 신기했어요. 고생하셨습니다.

혹시 거꾸로 제가 지민 님 인터뷰를 해봐도 될까요? [진짜요?] 네, 질문도 준비해둔 게 있어요. [오, 그래요. 재밌겠다. 지금 바로요?] 네.

변화를
　　　많이
하는
　　　사람

변화를 추구하기도 하고
어떤 때는 변화하고 싶지 않은데도
변화하게 되는
피곤할 수도 있겠지만
다양한 감정을 다채롭게 느끼는 건
좋다고 생각해.

2020년 3월

Q. 할게요.

A. 네.

Q. 약간 터무니없을 수 있는데, 신이 있다고 생각하세요?

A. 오호, 신… 그 질문을 받자마자 드는 생각이, 아예 없을 것 같다는 생각이 하나 들었고, 그래도 운명을 결정짓는 뭔가는 있지 않을까 하는 생각이 드는데, 저도 항상 둘이 충돌되는 것 같아요. 모든 것을 아우르는 존재가 있을 것 같다는 생각은 은연중에 하는데, 결국은 자기 하는 나름으로 삶이 이어지는 것이니까, 개인에 집중해서 본다면 아예 없는 것 같은 느낌이 들어요.

Q. 그럼 귀신은요?

A. 이게 되게 최근에 일어난 일인데, 제가 잠을 혼자서 못 잤거든요. 그게 귀신이 있다고 믿어서 잘 못 잤었거든요. 제가 영적인 체험을 한 적이 있단 말이죠. 그런 것들 때문에 밤만 되면 어떠한 확신이 들고, 저를 해칠 것 같다는 생각이 강하게 들었는데, 좀 다른 얘기긴 하지만 (웃음) 최근에 어떤 애랑 연락을 지속적으로 했단 말이에요. 그러고 나서 그런 믿음과 공포심이 한 일주일 사이에 증발하듯이 없어졌거든요. [진짜요?] 네, 그래서 최근에는 없다는 생각도 들고, 아예 그런 생각을 하기도

싫어요. 왜냐면 극복하고 발전해가는 지점에 있다고 생
각하다 보니 그렇습니다. 오래 생각하기 좀 두려운 질
문. 혹시 이걸 선정하신 이유가 있으신가요?

Q. 그냥 저는 신은 없다고 생각하거든요. 근데 제가
무서운 얘기를 되게 좋아해서 귀신은 있을 수도 있다고 생각해요.
그런데 신이랑 귀신이랑 같은 신(神) 자를 쓰니까, 신은 없고
귀신은 있다는 게 맞나 싶어서 어떻게 생각하시는지 궁금했어요.
그러면, 과거랑 미래 중에 하나를 선택해서 갈 수 있다면
어느 쪽으로?

A. 저는 미래를 가겠습니다. [이유가 있나요?] 일단 미래에
얻을 것이 굉장히 많다고 생각하기 때문에. 어쨌든 변화
하긴 하잖아요. 그리고 과거는 이미 역사적인 사료라든
지 경험을 통해서 50% 이상은 아는데 미래는 아예 모르
니까, 예측만 있으니까 직접 가서 어떤 식으로 삶이 변
화되는지 보고, 인간들이 그때는 어떤 걸 필요로 하게
될지 탐구해보고 싶은 마음에 가보고 싶습니다. [본인이
생각하는 미래는 어느 정도 시기의 미래예요?] 저는 한 50년 후
를 가보고 싶네요.

Q. 언제 자신이 현재에 있다고 느껴요? 자각하게 되는 순간?
A. 나중에 기억에 남을 만한 일인데 아무 생각 없을 때

(웃음)? 무슨 느낌인지 아시겠나요? [맞아요, 그때가 진짜 백지에 있는 상태여서 현재에 있다고 느끼는 것 같아요.] 맞아요, 그리고 제 인생에서 나름의 큰 이벤트이며 나중에 생각했을 때 좋을 만한 상황인 걸 자각하고 있거든요, 근데도 별생각이 안 들어요, 왜냐면 그 상황 속에 있으니까. [맞아요, 오히려 너무 감정이 느껴지면 현재에 있다고 못 느끼는 것 같아요.] 맞아요, 약간 덤덤하게 되는 느낌이라고 해야 하나, 그래서 생생하게 와닿는 것 같네요. 그리고 제가 추억 회상하는 걸 되게 좋아하거든요.

Q. 그럼 본인 최초의 기억은 언제예요?

A. 되게 많은데, [진짜요? 신기하다.] 왜 그런진 모르겠어요, 생각을 많이 하고 있어서 그런가. 최초의 기억은 첫 번째로, 파도가 치는데 제가 그걸 무서워하면서 울던 기억, 할머니 품에 안겨서. [몇 살쯤이에요?] 아마 세 살, 네 살? 이것도 추측이긴 한데. 근데 이모들이 웃었어요, 전 슬픈데. 그래서 더 슬퍼서 더 울었던 기억. 그거랑 오후 대여섯 시쯤에 커튼도 처져 있고, 노을도 지고 어두운데 갈색빛 도는 그런 느낌 있잖아요, 거기서 어머니가 주무시고 계시고, 저는 제티 본연의 맛이 궁금해서(웃음) 가루를 찍어 먹었던 기억이 하나 있고. 그때 뭔가 되게 요상했어요, 어릴 때인데도. 그런 이미지를 느꼈다는 것이

재미있게 느껴지네요. 그리고 혼자 앉아서 TV를 보던 기억 정도. [되게 세심한 기억이네요.] 혼자 있으면 그런 생각을 많이 하게 되는 것 같아요. [과거를?] 네.

Q. 그러면 만약 과거로 돌아갈 수 있다면 바꾸고 싶은 일이 있나요? 혹은 돌아가지 않아도 좋아요.

A. 그냥 아예 제가 기억을 가지지 않은 채로 돌아가는 건가요? [아뇨, 기억을 가진 채로.] 그렇다면 고3 때. 한예종에 입학하겠습니다(웃음), 지금의 기억을 가지고. 아쉬움이 되게 많이 남거든요. 입시라든지 정말 연연하긴 싫지만, 제가 나름 실패를 했던 경험이라서 자주 생각하게 되는데, 제가 입시 같은 걸 하나도 모르다가 학원에서 저 혼자만 1차를 붙었단 말이에요. 그 전엔 자존감이 많이 눌려 있었는데 거기서 뭔가 성취감을 얻은 게 있거든요. 그런데 2차 시험에서 입체물을 만들다가 쓰러진 거예요. 그 특정한 상황을 다시 하고 싶네요. 그래서 다시 입체물을 만들기.

Q. 사랑을 뭐라고 생각하는지?

A. 사랑이요? [특정해서 말하자면 연애에서의 사랑.] 재밌네요. 제가 최근에 일어난 변화들과 잘 맞아떨어지는 질문인 것 같아요. 제가 아까도 말씀드렸다시피 연락하는 애가

남자애거든요. 좀 섣부르긴 하지만 걔를 제가 좋아하고 있었던 것 같아요. 그래서 그것이 뭔지 생각해봤던 게, [좋아하는 게 뭔지?] 네. 일단 저보다 상대방을 먼저 생각하는 것 같아요, 좋아하면. 그래서 약간 피곤해요. [신경이 외부에 가 있어서?] 네, 그리고 계속 뭔가 맞춰줘야 하고, 맞춰달라고 해서 맞춰주는 건 아니지만 어쨌든 제가 맞춰주는 건 맞으니까, 좋아하니까. 그런 의미에서 피곤하기도 하고. 좀 제 마음이 성가시기도 하고. [누군가를 염두에 두는 게?] 네, 신경쓰는 것도 좀 귀찮고 피곤하고(웃음), 하지만 어쩔 수 없이 하게 되는 그런 것? 그런 의미에서 약간 헌신인 것 같기도 해요. [사랑이?] 네.

Q. 본인이 사랑하는 상태에 속해 있다고 생각할 때 솔직해지는 편이에요, 아니면 거짓말을 많이 하는 편이에요?

A. 일단 걔랑 제가 사귀는 사이가 아니니까 사랑한다 이런 얘기는 못하잖아요. 대인관계에서 정상적인 감정 이상은 드러내지 않지만 그래도 나름 표현할 수 있는 범위까지는 솔직하게 하는 것 같아요. 너랑 얘기해서 재미있고 좋다 이런 말, 아니면 그 사람한테 다른 사람보다 반응을 많이 해준다든가 이런 것도 나름의 솔직함일 수 있죠. 물론 결과적으로는 좀 부풀린 듯한 느낌이 있지만 내 마음에 충실하다는 뜻이기도 하니까.

Q. 좋아요. 그러면 변하지 않는다는 개념을 믿나요?

A. 일단 변하지 않는 것은 없다는 생각이 들거든요. 그렇지만 비슷한 텐션을 유지할 수는 있는 것 같아요. 범위로 보면 변하지 않는 게 있을 것 같지만 개체로 본다면 다 끊임없이 변화하는 것 같아요. 변하지 않았으면 하는 게, 제가 요즘 뭔가 예전의 저로부터 탈피하고자 하는 정신이 있거든요. 그 정신이 좀 유지가 됐으면 좋겠어요. [이유는요?] 그게 더 뭔가 편한 방향으로 가고 있고, 전에는 제가 막힌 느낌이 강했거든요. 그리고 우울증의 대표적인 증상으로 행복하다가도 행복함이 죄스러운 느낌이 든다거나, 아니면 어떤 생각이 다른 생각으로 계속 가로막힌다든가 해서 되게 피곤하고 불편하고 살기 힘든 느낌이 강했는데, 그것으로부터 멀어지니까 좋은 것 같아요. 계속 멀어졌으면 하는 바람이 있어요.

Q. 지민 님을 가장 두렵게 하는 게 뭔가요?

A. 몇 가지가 있는데, 일단 전 지배되는 게 굉장히 두렵고 [어느 것으로부터?] 저는 한 개인에게 지배되는 경우가 많아요. 저보다 능력치가, 특히 창작적인 부분에서 뛰어나다고 느낀 사람은 어쩔 수 없이 견제하게 되더라고요. [저도 그래요.] 그죠. 근데 그게 견제로 끝나지 않고 그 사람이 무서워진다고 해야 하나, 그 사람이 나의 부족함을

알까, 빤히 쳐다보고 있는 건 아닐까 이런 생각이 꼬리를 물면서 제 마음속에 있는 그 사람에게 지배되는 경향이 강하더라고요. 최근에는 그게 제일 두렵고, 또 제 말을 이해해주지 않는 상황이 두려운 것 같아요. 근데 이게 왜 두렵지? 생각을 해볼게요. (정적) 아, 왜 나왔는지 알겠다. 제가 최근에 쓴 글을 잠깐 봐도 될까요? 거기에 내용이 있어서.

보이는 것만 믿는 사람들이 있단 말이죠. 그리고 과거와 현재를 연결 짓지 않고 그냥 상황에 대한 평가만 하고 잊어버리는 사람들이 있어요. 저는 '납작한 인간상'이라고 부르는데, 그런 사람들이 보통 제가 하는 말의 의미를 잘 모르고, 가치 없게 느낀다고 해야 하나, 그런 경향이 있을 것 같단 말이죠. 그런 사람들이 두려운 것 같아요. 결과적으로는 그런 납작한 인간상이 두려운 것 같아요. 그리고 추측이긴 한데 그런 사람들이 세상의 대부분인 것 같고. [권력을 지닌 사람들이 많이 납작하잖아요.] 네, 그래서 학교를 자퇴한 것도 연관이 큰 것 같아요. [맞아요. 학교는 완전 납작한.] 한 가지 목표만 보고, 그것도 나와 추구하는 것이 맞지 않으니까 버겁기도 하고, 말하는 것들도 현재 상황만 이야기해서 그렇게 된 것 같습니다. 그들 옆에 있으면 제가 뭔가 허황된 존재가 된 것 같기도 하고, 그러네요. 그래서 좀 두려운 것 같습니다.

Q. 사람이 사람을 이해할 수 있다고 생각하세요?

A. 네. [이유가 있나요?] 왜냐면 제가 이해할 수 있기 때문에 그런 것 같아요. 좀 건방진 말이긴 하지만(웃음) 사람들이 저한테 가끔 고민을 털어놓는단 말이죠. 그리고 제가 인터넷을 많이 하다 보니 사람들의 이야기를 많이 접할 수 있고. 그러면 사람들이 왜 그런 상황에 처해 있고 왜 그럴 수밖에 없었는지, 아무리 바보 같고 사람들이 욕하는 고민이더라도 저는 이해할 수가 있더라고요, 그게 맞는지 틀린지는 모르겠지만. 제가 그런 상태이니까 다른 사람들도 할 수 있다고 생각해요.

**Q. 어떤 미래의 일이 있어요. 그러면 그걸 미리 걱정하는 편인지,
아니면 그 미래가 현재의 일이 되기까지 기다리는 편인지
궁금해요.**

A. 전 걱정을 되게 많이 해요. 생각하는 습관이 저한테 너무 뿌리박혀서 어쩔 수 없이 생각하게 되는 것 같아요. 그게 약간 부정적인 상황이거나 제가 너무 원하던 상황이거나, 어느 상황이든지 그게 불안으로 귀결되는 것 같아서 걱정이 많이 되는 것 같아요. 그런데 오히려 그러다 보니까 실제로 맞닥뜨렸을 때는 덜 불안해지는 것 같기도 하고. 그렇습니다.

Q. 다음에, 말버릇?

A. 말버릇, 이것도 최근에 생각한 건데, 일단 '일정 수준 이상으로'란 말을 되게 많이 쓰는 것 같아요. 그리고 '다양한', 이게 최근에 제가 느낀 거고. 평소에는 '신기하다' '멋지다' '좋다' '와' '헐 대박'(웃음), 거의 강박처럼 쓰는 것 같아요. [저는 '아 근데 약간'을 정말 많이 써요. '모든 사람이 그런 건 아니지만'도 많이 사용하고.] 저는 '개인적으로'라는 말도 자주 쓰고, 제가 좋아하는 말이에요. 특별한 요소가 되게 강하기 때문에 좋고, '집단적으로'라는 말도 많이 쓰는데 보통 안 좋을 때 쓰는 말이에요. 제가 집단보다 개인을 훨씬 선호하는 주의이기 때문에. 그래서 그런 말을 많이 쓰는 것 같아요.

Q. 혹시 철학에 관심 있나요? 철학적인 게 뭐라고 생각해요? 큰 질문이긴 한데.

A. 철학적인 건 일단, 내면에 집중하는 활동이라고 정의할 수 있을 것 같고. 또 본인 나름대로 해석하는 내면적인 게 강하지만 외부의 활동도 본인의 내면으로 주체적으로 끌어들여서 해석하는 행위라는 생각이 들어요. 있는 그대로 받아들이지 않고 필터를 거른다고 해야 하나, 그렇게 해서 나온 게 철학적인 생각인 것 같아요.

Q. 아까 요즘 사람들에 대해 얘기했듯이,

각자의 사유에서 각자 상황을 해석한다고 했잖아요.

그 모든 사람을 다 철학적인 개체라고 믿으시는 거예요?

그것도 어떤 필터로 볼 수 있지 않나요?

A. 아, 아까도 말씀드렸듯이 주체성이 있어야 한다고 생각하거든요. 사회랑 결부시켜 얘기해보자면 매체가 주는 감정을 곧이곧대로 받아들이는, 그런 건 철학적인 것과는 거리가 먼 것 같아요.

Q. 본인이 생각하기에 가장 철학적이지 않은 것 같지만,

그래서 가장 철학적인 게 있나요?

A. 오~? 생각해보겠습니다… 의식주 관련한 생각들? 뭔가 생존에 급급한 느낌도 드는 동시에, 그래서 철학적인 느낌과는 거리가 먼 것 같지만, 오히려 그 자체로 관통하는 생각을 한다는 것은 어떻게 보면 가장 철학적인 느낌이라고 할 수 있으니까. 저는 그런 생각이 듭니다. 먹는 것이라든지. [가장 생각을 하지 않고 받아들지만.] 네네, 되게 일상적이고 간단한 주제이지만 그것을 알아채고 그것에 대해 사유한다는 것에서 가장 철학적이라는 느낌이 들어요.

Q. 초능력이 있다면 어떤 걸 가지고 싶고, 그 이유가 뭔지?

24시간 동안만 유효한 초능력이에요.

A. 그렇다면 저는 지식을 노력하지 않고 흡수할 수 있는 능력을 갖고 싶어요. 제가 약간 지식에 대한 두려움이 있거든요. [저도 있어요. 저는 제가 되게 무식하다 생각하고 있어요(웃음).] 저도예요. 저는 정말 감각에만 의존하는 사람이라 생각하고, 상식 같은 것도 모르고. [저도 진짜 없어요.] 반갑네요(웃음). 지식이 남의 것이란 느낌이 아직까지 강하단 말이죠. 제가 학창시절에 공부하는 습관을 안들여서일 수도 있지만, 사고력에 도움이 되지도 않고 기억해야 하는 키워드들의 나열이란 느낌이 되게 강해서 부담스럽단 말이에요. 한편으로는 그런 것에 대한 갈망도 어쨌든 있죠. [맞아요, 거기에서 출발되는 생각들이 있으니까.] 그쵸. 그래서 그걸 다채롭게 많이 갖고 싶은데 제가 아직 그럴 만한 능력이 안 되니까, 한 번 봐도 흡수할 수 있는 능력 있잖아요. 아니면 손만 대도 책에 있는 내용이 흡수되는 능력을 아주 원합니다. [그러면 지금이 초능력이 시작된 참이에요. 그러면 책을 읽을 건가요, 아니면 영상매체를 볼 건가요?] 일단 교보문고 가서 손 한번 쫙 훑어야죠(웃음). 정말 그 생각도 자주 했었는데 한때. 그러고 싶습니다.

Q. 마지막 질문. 본인이 생각하기에

본인은 어떤 유의 사람인 것 같은지?

A. 저는 일단 되게 변화를 많이 하고 있는 것 같아요. [변화를 추구하는 사람이다?] 변화를 추구하기도 하고, 어떨 때는 변화하고 싶지 않은 상황에서도 변화하게 되는, 약간 피곤할 수 있겠지만 일단은 창작을 지망하고 있는 상태이니까, 그런 다양한 감정을 다채롭게 느끼는 건 좋다고 생각해요.

또… 나쁜 사람은 아닌 것 같아요. [본인이 생각하는 나쁜 사람은 뭔데요?] 쉽게 치부해버리는 사람? [납작한 인간상?] 네, 그죠. 그리고 가식이라고 해야 하나, 가식도 여러 종류가 있잖아요. 근데 악의를 가진 가식이 몸에 배어 있는 사람이 좀 나쁜 사람인 것 같아요. 사회에서 흔히 말하는 나쁜 사람의 요소들 있잖아요, 그런 건 오히려 잘 모르겠어요. 하지만 제가 정의해본다면 그 정도가 될 수 있겠고. 전 그것의 문제점을 알고 그러지 않기 위해서 노력하고 있으니까, 제 기준으로는 나쁜 사람은 아닌 것 같아요.

Q. 좋아요.

A. 감사합니다. 이런 기회를.

그리고, 질문들

본인 소개를 먼저 해주세요.

근 한 달간 구체적으로 어떤 활동을 하셨고,
그로 인해 어떤 느낌이 드셨는지?

한 달간 만났던 사람 중에서 가장 인상 깊었던 사람은요?

살면서 가장 인상 깊은 사건이라 할 만한 게 있을까요?

본인의 최초의 기억은?

본인의 인간성에 대해 어떻게 생각하시나요?

현재 역할에 대해서는 만족하시나요?

귀찮은 것이 있나요?

싫은 사람은 있으신가요?

과정과 결과 중에 어떤 게 더 중요하다고 생각하세요?

사람들과 같이 있을 때가 있고 혼자 있을 때,
직관적으로 어느 때가 더 좋나요?

아는 사람들 없이 혼자서 생활해야 해요.
그런 상황이 오면 어떨 것 같아요?

평소에 가족이 보고 싶으신가요?

평상시에 무엇을 할 때 가장 자연스러운 느낌이 드나요?

'혼자 거리를 걷는다'는 문장을 보면
머릿속에 어떤 장면과 느낌이 떠오르시나요?

본인의 인생을 기점으로 나눌 수 있나요?

'요즘 사람들'이라 하면 어떤 생각이 떠오르세요?

요즘 사람들은 요즘 사람들을 어떻게 볼까요?

누구를 닮았다는 얘기를 들으면 기분이 어떠세요?

즐거움을 분류할 수 있나요?

'열심히 한다'는 것에 대해 어떻게 생각하세요?

SNS를 시작한 계기가 있으신가요?

너의 불안에 관하여

2023년 10월 4일 초판 1쇄 발행

지은이   송지민

펴낸이   김은경
편집   권정희, 이은규
마케팅   박선영
디자인   황주미
경영지원   이연정
펴낸곳   ㈜북스톤
주소   서울시 성동구 성수이로7길 30 빌딩8, 2층
대표전화   02-6463-7000
팩스   02-6499-1706
이메일   info@book-stone.co.kr
출판등록   2015년 1월 2일 제2018-000078호

ISBN   979-11-93063-08-8 (03810)

북스톤은 세상에 오래 남는 책을 만들고자 합니다. 이에 동참을
원하는 독자 여러분의 아이디어와 원고를 기다리고 있습니다.
책으로 엮기를 원하는 기획이나 원고가 있으신 분은 연락처와
함께 이메일 info@book-stone.co.kr로 보내주세요. 돌에 새
기듯, 오래 남는 지혜를 전하는 데 힘쓰겠습니다.